"왜 그렇게
히죽거려?"

STATUS

타카우지 사아야

특징 / 특기

학년 제일의 두뇌파

초고교급 미모

거절을 못 함

야한 농담 좋아함

추위를 잘 탐

정크푸드를 좋아함

사람 많은 것 싫어함

외로움쟁이

고집중력

SAAYA
TAKAUJI

SCAN

어느 날, 타인의 비밀을 볼 수 있게 된 나의 러브코미디

2

켄노지 지음 / 나루미 나나미 일러스트 / 정대식 옮김

소미미디어

컬러, 본문 일러스트 | **나루미 나나미**

목 차
Contents

2

One day, I started to see other people's secrets
My school romantic comedy

1 스테이터스를 볼 수 있게 된 나의 교우관계

어느 날, 나는 자신과 다른 사람의 스테이터스 같은 걸 볼 수 있게 되었다.

· 키미시마 아카리
· 성장 : 급성장
· 특징 / 특기
엑스트라
강심장
말재주가 좋음
라디오 오타쿠
포커페이스
칭찬을 잘함

나의 스테이터스는 이런 느낌이다.

의식적으로 보려고 하면 컴퓨터에서 말하는 윈도 창 같은 게 떠서 스테이터스를 확인할 수 있다.

스테이터스에는 그 사람의 취미와 좋아하는 것과 싫어하는 것, 성격과 성질, 본인만 알 법한 개인적인 비밀까지 적혀 있다.

아무래도 이건 나한테만 보이는 모양이다.

나는 이 힘을 써서 좋아하는 여자애와의 거리를 좁히는 도중이다.

오늘도 등교해 보니 내 옆자리에는 이미 타카우지 양이 앉아 있었다.

햇볕을 반사하는 듯이 윤기가 흐르는 기다란 검은 머리에 도자기처럼 하얀 피부. 시원스러운 눈매, 도톰한 분홍빛 입술.

모델이 우리 학교 교복을 입고 있는 것만 같다.

내가 남몰래 좋아하고 있는 타카우지 양은 당연히 인기가 많다.

미남 선배와 잠시 사귀었던 때에는 접근하는 남자가 없었다. 하지만 그 미남 선배가 원나잇충이라는 좋지 않은 소문을 들은 나는, 그 선배와 직접 대결을 펼쳐 헤어지게 하는 데 이르렀다.

거기까진 좋았지만, 솔로가 되었다는 사실이 알려지자 다시 인기를 되찾고 있다.

나로 말하자면 연락처도 교환했고 공통된 취미인 심야 라디오를 화제 삼아 이야기꽃을 마구 피우고 있는 동지로서 친해진 상태다.

"타카우지 양, 좋은 아침."

예전의 나였다면 쫄아서 인사도 못 했겠지만, 지금은 이렇게나 간단히 말을 걸 수 있게 되었다.

"……."

타카우지 양은 이쪽을 곁눈질로 흘끔 쳐다보더니 천천히 고개를 돌렸다.

담담하게 기계적인 인사로 답할 줄 알았는데, 예상 밖의 반응이다.

내가 뭐 잘못했나……?

기억을 돌이켜보아도 짚이는 바가 없다.

무심결에 지뢰를 밟아서 호감도가 왕창 깎여나간 걸까?

어느샌가 생긴 새로운 습관에 따르기라도 하듯 자연스럽게 나는 스테이터스를 확인했다.

· 타카우지 사아야
· 성장 : 정체
· 특징 / 특기
학년 제일의 두뇌파
초고교급 미모
거절을 못 함
야한 농담 좋아함
추위를 잘 탐

정크푸드를 좋아함

사람 많은 것 싫어함

외로움쟁이

고집중력(하이 콘센트레이션)

────────────────

  응? 요전까지만 해도 없었던 【사람 많은 것 싫어함】, 【외로움쟁이】, 【고집중력】까지 세 개가 늘었다.

  【성장】 항목은 여전히 【정체】. 이건 스테이터스상의 성장을 나타낸다. 그러니 한꺼번에 세 개나 늘어난 건 이상하다.

  【사람 많은 것 싫어함】이라는 항목은, 살짝 의외다. 쉬는 시간이면 몇 명의 남녀 그룹에 둘러싸여 있는 경우가 많았지만, 싫어하는 눈치는 아니었다. 속마음은 그렇지 않았던 걸까.

  【외로움쟁이】도 의외다. 고독을 즐기는 듯한 분위기였는데.

  이전까지 안 보였지만 이제 보이게 된 건, 나와의 친밀도가 높아졌다는 증거일까……?

  정말 그렇다면 나와 타카우지 양의 관계는 진전되고 있다는 뜻이 된다.

  속으로 승리의 포즈를 지었지만, 통로 건너편에 보이는

11

옆자리에 앉은 미소녀는 여전히 고개를 돌리고 있다.

이건 내버려 두면 더더욱 원인을 물어보기 어려워지는 패턴이다.

"타카우지 양, 내가 뭐 잘못했어……?"

조심스럽게 묻자, 살며시 머리가 움직였다. 고개를 가로 저은 건가 보다.

그 작은 몸짓에 청결감이 느껴지는 샴푸 냄새가 코끝을 스쳤다.

"그게, 뽑힐 줄은 몰랐어."

"그거라니?"

뭘 말하는 거지?

고집스럽게 이쪽을 보려 하지 않으려 하며 타카우지 양은 목소리를 죽여서 말했다.

"어제 방송에서 내…… '우지차'가 보낸 메일이 채택됐 잖아?"

머리카락 사이로 나온 귀가 은근히 붉어졌다.

"아아, '우지차' 님이 보낸 메일?"

나와 타카우지 양이 편애하고 있는 라디오 방송 '만다리 온 심야론'.

타카우지 양은 '우지차'라는 라디오 닉네임으로 그 방송 의 개그 코너에 메일을 보내고 있다.

"대충 보낸 거야, 대충. 그러니까, 내 본심이 아니라고."

"오오, 그런데도 뽑히다니 굉장하네."

인사는 무시했지만 말을 걸자, 평소처럼 반응하기에 나는 가슴을 쓸어내렸다.

공통된 취미에 관한 이야기까지 무시당했다면 그야말로 끝장이었을 거다.

어제 새벽, '만다리온 심야론' 방송이 있었다. 나와 타카우지 양은 그걸 빠짐없이 실시간으로 듣는 열혈 청취자라 매주 방송일을 기대하고 있었다.

그러던 중에 타카우지 양…… '우지차' 님이 보낸 메일이 채택되었다.

방송에서는 개그 콤비인 만다리온이 이런 대화를 나누었다.

『에~ 다음. 라디오 닉네임 우지차. '최근 친해진 친구가 있습니다. 그 사람과는 취미가 맞아서, 같이 있으면 무척 즐겁습니다.'』

『아따 좋구마잉, 청춘이구먼.』

『인격적으로도 근사한 사람이라고 생각합니다. 하지만 그 사람이 다른 사람과 친하게 지내는 걸 보면 서운한 마음이 들거나 약간 가슴이 답답해집니다. 이거, 제가 사랑에 빠지기라도 한 걸까요?'』

『뭔 아침 라디오여?! 심야 라디오엔 이딴 거 필요 없어.』

『우지차, 우리 밋츤이 실례혔구먼. 개그 편차치가 너무 낮아서 이해를 못 하는 갑네.』

『으이! 누가 개그 낙제생이라는겨. 이짝은 18년이나 붙어있었구먼.』

『대본 한 줄 안 쓰는 넘이 말이 많어. 너는 경력 압축하면 3개월도 안 된당께.』

『뭐시여어어어어어어어어어?! 그래도 3년은 될 거구먼!』

『압축하는 것 자체는 괜찮다 이거제?』

그런 대화를 떡밥 담당인 혼다와 딴죽 담당인 밋츤이 나눴다. 지금 생각해도 후훗, 하고 웃음이 날 것 같다.

"혼다가 그랬는데, 그건 고도의 개그 메일이었잖아?"

밋츤은 개그 편차치가 낮아서 이해를 못 한 거라고 혼다가 그랬으니, 분명 그 말이 맞을 거다.

고개를 홱 돌리고 있던 타카우지 양이 그제야 이쪽을 쳐다보았다.

"그, 그래!"

타카우지 양이 몇 번이나 힘껏 고개를 끄덕였다.

"호, 혹시 키미시마 군이 그걸 진심으로 받아들였으면 어쩌나, 싶었거든."

"설마. 개그 메일 코너로 보낸 걸 진심으로 받아들일 리가 없잖아."

막상 사연을 들었을 때는 잠시나마 '내 이야기인가?!'라고 생각했지만, 이게 개그 코너였다는 게 떠오르자 금방 냉정해졌다.

내가 아닌 다른 누군가를 가리킨 거였다면 몹시 침울했겠지만, 애초에 개그였으니까.

"그렇다면 됐어, 그렇다면."

후우. 타카우지 양은 살며시 한숨을 내쉬었다.

대화가 일단락되자 소꿉친구인 하루가 말을 걸어왔다.

"무슨 얘기해~?"

하루는 타카우지 양과는 정반대 타입의 여자애로 청초함이라고는 눈곱만큼도 느낄 수 없는 갸루 중의 갸루다. 머리는 금발로 물들였고 스커트는 허벅지가 다 드러났을 만큼 무진장 짧다.

몸매를 비롯해서 많은 이들의 눈길을 끄는 외모를 지닌 저 애가 바로 내 소꿉친구였다.

――――――――――

· 세가와 하루

· 성장 : 성장

· 특징 / 특기

엄청난 사교성

남을 잘 챙김

모성

순수

상담역

———————

　스테이터스대로 남을 잘 챙기고 누구와도 친해질 만큼 사교성이 좋다. 하지만 겉모습과 달리 순수한 면이 있었다.

　【상담역】이라는 건 내가 타카우지 양에 관한 일로 자주 상담을 한 탓에 생긴 것이리라.

　"어제 했던 라디오 방송 이야기."

　내가 말하자 우리의 취미를 아는 하루는 가볍게 반응했다.

　"참 좋아하네, 라디오."

　"세가와 양도 들어보면 좋아할 거야."

　열의가 담긴 진지한 눈빛으로 타카우지 양이 하루를 쳐다보았다.

　"난 됐어. 안 들어, 못 들어. 새벽 한 시에 한다며? 어떻게 깨어 있으라고."

　"요즘은 라디오 앱이 있어서, 그걸 쓰면 나중에 다시 들을 수도——."

　타카우지 양이 본격적으로 포교 모드에 돌입하자 하루의 미소가 딱딱해졌다.

　"으음…… 드, 들을 수 있으면 들어볼게."

　안 듣겠단 소리네, 저건.

　그다지 관심이 없어도 일단 상대의 말을 수용하는 건 하루가 가진 미덕이라고 나는 생각한다.

"사야 짱은 말이야, 어쩌다가 라디오를 듣게 됐어?"

"오빠의 영향으로."

"오빠가 있어?"

"응."

타카우지 양, 오빠가 있었구나.

그러고 보니 지금까지 취미 이야기나 학교 이야기만 하고, 가족 이야기 같은 건 한 적이 없었네.

"나이가 한참 떨어져 있지만, 존경하고 있어."

"브라콘이네~."

"아니야."

하루가 놀리자, 타카우지 양은 태연하게 부정했다.

어느샌가 이 둘도 친해졌다.

아마도 방과 후에 남아서 포커 연습을 했던 게 계기였을 거다.

타카우지 양의 미남 전 남친인 키도코로 선배와 내가 타카우지 양과의 관계를 두고 포커 대결을 했던 게 벌써 지난주의 일이다.

졌다면 지금 이렇게 대화할 수도 없었겠지. 그렇게 생각하니 매우 감개무량했다.

"후배 군~?"

귀에 익은 목소리가 들려와 교실 출입구로 시선을 돌리

자, 후미 선배가 손을 흔들고 있었다. 후미 선배는 3학년 선배인 동시에 편의점 알바에서도 선배다.

키가 너무 작은 나머지 제일 작은 사이즈의 교복도 헐렁해 보였다.

· 니시카타 후미
· 성장 : 하강
· 특징 / 특기
겉모습은 어린애
두뇌는 도박사
정신적 체육 기질
싸움은 백전연마

겉모습은 어린애. 치유계열의 작은 동물처럼 귀엽다.

지금도 "후배군~" 하고 나를 부르며 깡총깡총 뛰고 있다.

그런데도 자신은 옳다고 생각하는 체육계열 같은 기질이 있다. 후배한테는 무슨 짓을 해도 된다고 생각하는 게 옥에 티다. ⋯⋯아니, 티가 너무 크지 않아?

참고로 나에게 포커를 가르쳐준 스승이며, 그걸 3학년 일부에 유행시킨 장본인이기도 하다.

나는 자리에서 일어나 후미 선배가 있는 곳으로 향했다.

"후미 선배, 좋은 아침이에요."

내가 척, 하고 경례했지만, 선배는 신경도 안 쓰고 인사를 해주었다.

"좋은 아침이에요~. 어제 알바 스케줄표를 깜박하고 안 갖고 갔죠? 나 참~ 출근일이 언제인지 어떻게 알려고 그래요."

"넵. 죄송합다. 조심할게요."

"네에~. 용건은 그것뿐이었어요~."

나는 빙긋 웃으며 손을 흔드는 후미 선배를 배웅했다.

멀리서만 보면 쪼그마하고 귀여운 선배인데 말이지……

왜 내면은 그렇게나 험악한 걸까.

"아카리 군, 뭐 해?"

"아아, 잠깐 선배를 배웅하고 있었어."

고개를 돌려보니 이제 막 등교한 나토리 양이 있었다.

알바 중에 이상한 남자가 집적대는 장면을 우연히 목격하고 도와준 일을 계기로 조금 친해진 같은 반의 여자애다.

근데, 아카리 군이라고? 원래도 그렇게 불렀나?

"선생님 오는데? 반장인데 주의받으면 어쩌려고."

방긋 웃자 하얀 이가 보였다. 나토리 양은 테니스 라켓을 매고 있다. 아침 연습이라도 있었나 보다.

햇볕에 타서 다갈색을 띤 피부를 보니 문득 위화감이 느겨졌다.

"왜 그렇게 나를 뚫어져라 쳐다봐?"

"탄 것 같네?"

"아, 맞아맞아~. 주말에 대회가 있었는데, 그때 꽤 많이 탔어. 선크림을 발라도 해마다 이렇게 되어버려."

에헤헤, 나토리 양은 웃으며 말했다.

이상한 남자가 작업을 걸어올 만큼 생김새가 단정해서 은근히 인기가 많다고 들었는데, 그럴 만하다는 생각이 절로 들었다.

· 나토리 히이로

· 성장 : 성장

· 특징 / 특기

운동 잘함

공부 못함

노력가

긍정적

친근한 태도

감정에 솔직함

엄청난 사교성

하루와 마찬가지로 스테이터스에【엄청난 사교성】이 있다. 나머지는 평소 인상과 같았다.

"아카리 군은 피부가 하얀 여자애가 좋아?"

나토리 양이 고개를 갸웃하자 뒤로 묶은 머리가 살랑 흔들렸다.

"응?"

"아무것도 아냐."

후훗, 나토리 양은 다시 하얀 이를 보이며 장난스럽게 웃었다.

"아, 이번 주 체육 시간에 테니스한대~."

그런 말을 남긴 후, 나토리 양은 교실로 들어갔다.

그러고는 곧장 주변에 있던 남녀 집단에 끼어 뭔가 대화를 나눴다. 나토리 양은 하루와 마찬가지로 밝은 성격의 여자애지만 타입이 다른 듯했다.

"체육…… 테니스라……."

어디서 얻은 정보인지는 모르겠지만 사실이라면 매우 좋지 않다.

왜냐하면 나는 구기 종목이 젬병이기 때문이다.

수업은 남녀로 나뉘어서 하겠지만 남자들은 여자들이 테니스하는 모습을 볼 테고, 여자도 마찬가지일 거다.

겨우 타카우지 양과 친해졌는데 운동치라는 걸 들켜서

안 좋은 인상을 주고 싶지는 않아……!

지금까지 체육 수업에는 어차피 아무도 나를 주목하지 않을 거란 생각에 적당히 시간만 보냈다.

체력 측정 역시 최선을 다해 봐야 결과는 뻔하기에 적당히 했고, 구기 종목은 팀의 발목을 잡지 않을 정도로만 해서 최대한 존재감을 지우고 있었다.

"어떻게 하지……."

타카우지 양이 나를 주목할 거라는 보장은 없다. 하지만 좋아하는 여자애의 눈길을 끌고 싶다. 그렇지만 현실은 운동치니, 날 보지 않았으면 좋겠다.

……내 마음이지만 어쩌란 건지 모르겠네.

자리로 돌아와 보니 하루는 다른 곳으로 가서 어떤 여자애랑 수다를 떨고 있었다.

"타카우지 양, 체육 시간에 테니스할 거래."

"흐음, 그래?"

타카우지 양이 개그 수첩에 무언가를 가볍게 적고 있었다.

좋겠다, 타카우지 양은. 운동신경이 좋지만, 반대로 운동치였어도 그건 그것대로 귀여웠을 테니까.

완전 무적이다.

체육복 차림으로 머리를 묶고 라켓을 휘두르는 타카우지 양의 모습을 상상해 봤다.

아마 모든 남자가 주목할 거다.

그런 타카우지 양이 나를 지켜볼지 어떨지는 모르겠지만, 멋진 모습을 보이고 싶다. 적어도 이상한 모습은 보이고 싶지 않다.

2 테니스와 개그 메일

방과 후.

반장 업무를 마친 나는 운동장 구석에 자리한 테니스 코트를 찾았다.

네 개의 코트를 남녀가 반씩 나눠 쓰고 있고, 울타리 너머에서는 테니스 부원들이 구령에 맞춰 공을 치거나 달리며 연습하고 있었다.

우리 테니스부는 남자부와 여자부 모두 강하지도, 약하지도 않았던 걸로 기억한다.

지금은 고문 선생님이 자리에 없는지 부원들이 중간중간 담화를 나누는 등, 화기애애한 분위기가 감돌았다.

하지만 연습 풍경이나 구경하러 이곳에 온 건 아니다.

혹시나 해서 선생님에게 확인해 보니, 나토리 양이 알려 준 정보대로 이번 주 체육 시간에 테니스할 예정이었다. 그래서 몰래 조금이라도 연습해서 실력을 키우기로 했다.

짧은 기간에 실력을 키울 수 있을지는 모르겠지만, 아무것도 안 하는 것보다는 나을 거다.

"쿠사카베 군."

나는 같은 반 친구 한 명을 찾아 말을 걸었다.

산뜻한 분위기에 키가 큰 쿠사카베 군은, 말을 건 사람이 나라는 걸 확인하자마자 얼굴을 찌푸렸다.

"키미시마냐. 왜?"

"뭣 좀 물어보려고 하는데, 나도 연습에 낄 수 있을까?"

"뭐? 왜? 입부하려고?"

퉁명스러운 태도에 나는 더더욱 주눅이 들었다. 내가 생각해도 무리한 부탁이었다.

"그런 건 아니고……."

이, 입이 안 떨어지네.

좋아하는 애 앞에서 폼 잡기 위해서 미리미리 연습해 두고 싶다는 얘길 어떻게 해.

혼자 연습한다고 실력이 늘 리가 없으니 동아리 연습에 끼는 게 제일이라고 생각했는데, 지금 보니 참 대책 없는 발상이었다.

마침 쉬는 시간이었는지 다른 부원들도 대화를 나누는 나와 쿠사카베 군을 멀리서 지켜보고 있었다.

어중간한 내 말투가 마음에 안 들었는지 쿠사카베 군이 눈살을 찌푸렸다.

"심심풀이나 하러 온 거면 돌아가."

"그런 건 아니고── 그냥 연습에 참여하고 싶어서 그래."

칫. 혀를 차는 소리가 들렸다.

"타카우지 양하고 친하다고 나대지 마라."

그러더니 그렇게 말하며 나를 노려보았다.

갑자기 왜 타카우지 양 얘기가 나오는 건데.

분위기가 이상해진 걸 알아챘는지 2학년 남학생과 후배로 보이는 남학생, 두 명이 다가왔다.

　"뭐야, 왜 그래?"

　"연습하고 싶대. 입부하고 싶은 것도 아니면서."

　쿠사카베 군이 설명하자 딱 잘라 대꾸했다.

　"누가 봐도 민폐잖아."

　으음, 그렇지……. 나도 민폐를 끼쳐가면서까지 연습을 하고 싶은 건 아니니까.

　얌전히 물러가려 하자, 경박해 보이는 후배가 말했다.

　"아니, 뭐 어때요. 잡일이나 시키자고요~."

　선배 둘이 웃었다.

　"괜찮네, 그거. 그럼 키미시마 너, 공 좀 주워라."

　"아하하! 그게 무슨 연습이야!"

　"그럼 선배, 제 공도 부탁드립다~."

　노골적으로 놀리고 있다는 게 느껴졌다.

　"……민폐인 것 같으니 관둘게."

　간신히 웃는 얼굴로 무마한 나는, 그대로 코트를 떠났다.

　무시당한 건 화가 나지만, 연습하는 데 방해가 될지도 모르니 어쩔 수 없지.

　근데 놀릴 필요는 없었잖아.

　그렇게 속으로 투덜대며 걷던 중, 가벼운 발소리가 다가왔다.

"아카리 군!"

뒤를 돌아보니 테니스 웨어를 입은 나토리 양이 있었다.

"아카리 군, 테니스 연습하고 싶어?"

방금 모습을 들켰다고 생각하니 살짝 창피해졌다.

"아, 봤어? 연습하고 싶긴 한데, 내가 끼면 방해만 될 것 같으니——."

"내가 같이 해줄까?"

"어?"

"연습 말이야. 오늘은 어렵지만, 내일부터라도 괜찮다면."

생각지 못한 제안에 나는 몇 번이나 눈을 껌벅거리고 있었다.

"괘, 괜찮겠어?"

"응. 아카리 군이 괜찮다면. 내가 코치해 줄게."

더없이 반가운 제안을 거절할 이유는 없었다.

"고마워, 나토리 양!"

나토리 양이 에헤헤, 하고 수줍은 미소를 지어 보였다.

"내가 개인 연습하는 걸 도와주기로 했다고 선생님한테 말해둘게."

"왜 그렇게까지 해주는 거야?"

"아카리 군이 나를 도와줬잖아."

아아, 편의점에서 있었던 일을 말하는 건가?

"뭐, 그 은혜를 갚는 거라고 생각해."

쑥스러웠는지 빙글 등을 돌렸다.

"덕분에 살았어! 정말 고마워!"

나토리 양은 고개만 돌려 이쪽을 보더니 살며시 손을 흔들었다.

"오늘 밤에 또 연락할게! 힘내자."

여자애한테 그런 말을 들은 경험이 없어서인지 '힘내자'라는 말이 계속해서 귓가를 맴돌았다.

나토리 양, 친절하고 좋은 애네. 은혜를 갚겠다니, 그런 건 신경 안 써도 되는데.

그 덕분에 테니스 연습 문제는 어찌어찌 됐지만.

이제 내 노력에 달렸다.

교문을 향해 혼자 걸었다.

코치도 해주겠다고 했는데, 너무 형편없어서 실망하지는 않을까.

'아카리 군, 이런 것도 못 해……?'

밝디밝은 나토리 양이 싸늘한 눈빛을 보내올지도 모른다고 생각하니 가슴이 먹먹해졌다.

나토리 양은 둘째 치고 타카우지 양은 그럴 것 같다. 실망하는 정도가 아니라 아주 넌더리를 낼지도 모른다.

"별일이네."

그런 생각을 하던 중, 교문 뒤에서 타카우지 양이 나타났다.

"무슨 일이야? 벌써 집에 간 줄 알았는데."

"그게…… 맞아, 뭘 좀 두고 갔거든."

응응, 타카우지 양은 자신의 설명에 납득하기라도 하듯 고개를 끄덕였다.

……그럼 왜 교문 뒤에서 나온 건데?

그런 생각이 들었지만, 입밖에 내지는 않고 역이 있는 방향으로 걸음을 옮겼다.

둘 다 반장인 덕분에 최근에는 내가 귀갓길에 역까지 바래다주는 일이 많아졌다.

혹시 【외로움쟁이】인 타카우지 양이 혼자 집에 가기 싫어서 나를 기다린 건 아닐까.

만약 그렇다면 너무나도 기쁠 거다.

혼자 행동하는 걸 싫어하는 것처럼은 안 보인다. 그거랑 외로움을 잘 타는 건 별개란 걸까.

무슨 일이 생겨도 딱 잘라 거절할 것 같은 쿨한 타카우지 양이 나를 '같이 귀가하고 싶은 상대'로 인식하고 있다면…….

"왜 그렇게 히죽거려?"

날카로운 눈빛이 날아들어 나는 허둥지둥 고개를 가로저었다.

"아니, 딱히 히죽거린 적은……."

"나토리 양하고 친해 보이던데. 그래서 히죽거린 거야?"

다 봤다는 듯이 엉뚱한 의혹을 제기했다.

"그런 거 아냐. 나토리 양하고는 우연히 가까워진 것뿐이고—— 아니, 나하고만 특별히 사이가 좋은 게 아니라 모두하고 친하잖아."

"그런가?"

내 설명에 타카우지 양은 고개를 갸웃했다.

"참고로 그 우연한 계기는 뭐였어?"

숨길 일도 아니라 그때 있었던 일을 간단하게 알려주었지만, 타카우지 양은 이렇다 할 반응을 보이지 않았다.

좋은 일을 했네. 따위의 반응이 돌아와서 내 주가가 올라갈지도 모른다고 생각했는데.

"용기가 있다고는 생각했지만, 그런 순정만화의 정석 같은 일을 했었다니……."

타카우지 양이 떨떠름한 표정을 지었다.

평소 학교에서는 '새침한 얼굴'을 한 채 표정 하나 안 바꾸고 담담한 태도를 유지하지만, 최근 내 앞에서는 다양한 표정을 짓게 되었다.

"순정만화?"

"아무것도 아냐."

분명 천천히 걷고 있었건만 벌써 역 건물이 보이기 시작했다. 뭔가 핑곗거리가 있다면 멀리 돌아가자고 제안할 수 있었겠지만, 금방은 떠오르지 않았다.

그러던 그때, 타카우지 양이 "전화 좀 받을게" 하고 양해를 구하더니 스마트폰으로 걸려 온 전화를 받았다.

"여보세요. 응. 곧 역에 도착해."

남의 통화를 엿듣고 있는 것 같아 찜찜해서 최대한 듣지 않으려고 노력했지만, 그래도 궁금했다.

키도코로 선배하고 헤어졌다는 것은, 학교에서는 모두가 아는 사실이다. 아닌 게 아니라 다른 학교에까지 알려졌다는 소문이 있을 정도다.

어디에서 또 마수를 뻗쳐올지 모른다고 생각하니 귀를 기울이지 않을 수가 없었다.

타카우지 양은 본인이 미소녀라는 인식도 별로 없는 것 같은 데다 스테이터스에 【거절을 못 함】이 있어서 걱정이 많이 되었다.

키도코로 선배와 사귀었던 진짜 이유는, 양쪽 모두 다가오는 이성이나 고백을 줄이기 위해 위장 커플이 되기 위해서였다.

연인으로 위장했던 건 정말로 억지력으로서 효과가 있었음을 새삼 실감하는 중이다.

내가 옆에 있어도 아무런 억지력이 되지 않으니 말이다.

"온다고? 그럼 기다릴게. ⋯⋯응. 끊을게."

겨우 통화가 끝나, 타카우지 양이 스마트폰을 주머니에 다시 넣었다.

"누, 누구 전화야?"

"남자."

"‥‥‥‥‥‥‥‥‥남, 자?"

"응. 경제력이 있고, 자가용이 있고, 개그 센스도 엄청나."

보라고~~~~.

못 살아~~~~.

금방 남자들이 들러붙잖아아~~~~.

나는 하늘을 올려다보았다.

이런 시간인데도 벌써 반짝이고 있는 별들이 예쁘다. 아니, 이게 아니고.

현실 도피나 할 때가 아니다.

키도코로 선배와의 관계는 위장 공작이었으니, 결과적으로 헤어지지 않는 편이 나한테는 좋지 않았을까――?

조금 전에 통화를 한 상대가 혹시, 자산가 집안의 미남 대학생은 아니겠지⋯⋯?

"그, 그렇구나."

내가 간신히 어색한 미소를 지어 보이자, 타카우지 양은 입가에 미소를 머금었다.

"나, 그 사람한테 은혜를 입었거든. 나토리 양이 키미시마 군에게 도움을 받았던 것처럼."

사생활 중에도 타카우지 양을 쫓아다니는 남자들은 넘쳐나는가 보다.

"그 사람이 마중을 오기로 했어."

"그, 그래……."

나는 새하얀 재가 되어버렸다. 이길 수 있는 요소가 하나도 없잖아.

좀비처럼 무거운 발걸음으로 역을 향해 걷던 중, 우릴 따라잡은 세단 차량이 전방에서 비상등을 켜고 정차하더니 운전석에서 검은 테 안경을 낀 통통한 남자가 내렸다.

"왔다."

타카우지 양이 반응했다.

그럴 리는 없겠지만, 저 통통한 30대 남자가……?

저쪽도 이쪽을 향해 살짝 손을 흔들었다.

에이, 우리 뒤에 있는 사람을 보고 저러는 거겠지.

이것 참, 하고 뒤를 돌아보았지만 아무도 없었다.

"사아야, 학교가 늦게 끝났나 보네."

"응. 평소에는 좀 더 일찍 집에 가지만 오늘은 좀 늦었어."

나는 안중에도 없다는 듯이 통통한 30대 남자와 타카우지 양은 친근하게 대화하기 시작했다.

……말도 안 돼.

위장이라고는 해도 전 남친은 미남인 키도코로 선배였는데. 격차가 너무 심하잖아.

아니. 얼굴로 고르지 않았다는 점에서 보면 나로서도 그 기준이 반갑기는 하지만——.

"저녁 뭐 먹고 싶냐? 오늘은 시간이 있어서 어디든 갈 수 있는데."

"그래?"

전혀 반가운 상황이 아니야아!

어른의 데이트를 할 생각이 넘쳐나잖아!

고등학생은 절대로 못 갈 가게에 가고, 그 후에는 아~무 것도 없는 국도 옆 '성(호텔)'에서 쉬고 올 생각이지?! 공주 님, 이쪽으로 드시죠, 라면서 놀 생각이지?!

공주 좋아하시네. 하나도 재미없어! 망할.

나는 역 앞 패밀리 레스토랑이나 햄버거 가게에 데려가 는 게 고작인데…….

남자 이전에 수컷으로써 완전히 패배한 느낌이다.

지금 바람이 불어오면 날아가 버릴 것만 같다.

식사하러 갈 곳이 정해졌는지, 통통한 30대 남자가 그제 야 이쪽을 쳐다보았다.

"사야야, 쟤는 뭐야?"

"키미시마 군. '만다리온 심야론'을 계기로 친해진 같은 반 친구야."

적의가 담긴 시선이 날아왔지만 나도 움츠러들지 않고 마주 보았다.

……키도코로 선배 때와 마찬가지로, 누가 상대든 되찾 으면 그만이야.

"키미시마 아카리입니다. 안녕하세요…….."

통통한 30대 남자도 적개심이 가득해 보였다.

그럴 만도 하지. 막 사귀기 시작한 미소녀 여자 친구가 모르는 남자랑 같이 귀가하는 모습을 봤으니.

이건 또 뭐야, 라고 생각할 만도 하다. 하지만 그건 내가 할 말이기도 했다.

"키미시마 군, 이 사람은 내 오빠인 나오미치(直道)야."

엉?

"오빠라고?"

"응. 오빠."

"오빠란 게 무슨 뜻인데?"

"오빠가 오빠지 뭐야. 말 그대로."

"남매인데 사귀는 거야?"

"사아야, 이 녀석 뭐라는 거냐?"

타카우지 양의 입가에 걸렸던 미소가 한층 짙어졌다.

그리고 참을 수가 없어졌는지 후후후, 작은 웃음소리를 흘리기 시작했다. 장난을 치는 데 성공한 어린애처럼 어깨를 들썩이며 웃고 있다.

"……타카우지 양, 일부러 오해하도록 말한 거지?"

오빠라면 그렇다고 통화를 끝냈을 때 말할 수 있었을 거다. 하지만 그렇게 말하지 않았다.

"그렇지 않아. 키미시마 군이 착각한 것뿐이지."

그렇게 의미심장한 소릴 해놓고.

아직도 키득키득 웃기나 하다니. 귀엽잖아, 젠장…….

"하아, 재밌어라."

재미는 무슨.

하지만, 다행이다……. 진짜로.

"새 연인이 생긴 줄 알고, 나는 재가 되었다가 하늘을 올려다봤다가 질투했다가 완전 패배 선언도 했다가 난리였는데——."

"질투?"

"아, 아니, 아무것도 아닙니다요."

"야, 사아야, 남자랑은 어울리지 말라고 했잖아."

"키미시마 군은 그런 사람 아니야."

"아니기는 뭐가 아니야. 네 생각과 달리, 남자 고등학생들은 모두 성욕으로만 움직인다고."

"아니야! 키미시마 군을 얕보지 마."

타카우지 양. 믿어주는 건 기쁘지만, 오빠 말씀도 일리는 있거든요, 사실.

"하아~. 그래서 여고에 가라고 했잖아. 이렇게 될 게 뻔하니까."

"이렇게 된다니? 친구랑 같이 집에 가는 게 그렇게 이상한 일이야? 오빠는 과보호야. 간섭이 너무 심해."

"그래, 과보호일지도 모르고, 간섭일지도 모르지. 하지만 약속했잖아."

약속?

나는 그게 무슨 뜻인지 알 수 없었지만, 타카우지 양은 입을 다물었다.

"어쨌든…… 으음, 키미시마라고 했나? 더는 사아야랑 어울리지 마라. 사아야도 그럴 생각 없으니까."

그럴 생각이라는 건, 연애를 말하는 거다.

이 말에는 그렇지 않다고 부정해 줬으면 좋겠지만…….

타카우지 양을 흘끔 쳐다보니 여전히 입을 다물고 있었다.

그렇겠죠.

친구니까요, 우리는.

"참고로 약속이란 게 뭐야?"

타카우지 양한테 묻자 그제야 입을 열었다.

"오빠는, 나를 사립 여고에 보내고 싶어 했어."

"우리 집은 부모님이 없어서 내가 대신 생활비를 마련하고 있거든."

그랬구나.

은혜를 입었다는 말은 그런 뜻이었나 보다.

"보호자로서 경박한 짓은 안 했으면 해서 여고에 가라고 했는데 말이지. 이 녀석이 사립은 돈이 든다면서 막무가내로 공립에……."

타카우지 양은 머리가 좋으니 좋은 사립 고등학교에 들

어갈 수도 있지 않았을까 싶었지만, 그런 이유로 공립인 우리 학교에 온 모양이다.

상상해 보니 타카우지 양의 평소 이미지상 편차치가 높은 사립 고등학교에 다니는 모습 쪽이 훨씬 더 잘 어울릴 것 같았다.

"그때, 오빠랑 약속했어. '불순한 이성 교제는 하지 않겠다'고. 그 조건으로 미야노다이 고등학교에 다니고 있는 거야."

아니, 왜 그런 약속을…….

속으로 나는 머리를 싸쥐었다.

나는 타카우지 양과 불순한 이성 교제를 할 생각으로 가득했는데.

그걸 금지당했다니…….

"그때는 연애에 관심이 없어서, 별것 아닌 조건이라고 생각했는데……."

……응? 그러면 지금은 다르다는 소리?

"이제 알겠지? 앞으로는 사아야를 따라다니지 마라."

나오미치 씨가 이야기를 억지스럽게 중단시키고서 타카우지 양의 팔을 잡고 차가 있는 쪽으로 걸어가려 하자, 여동생 쪽이 그 손을 뿌리쳤다.

"잘 지키고 있잖아. 뭐가 불만이야. 남성일지는 몰라도, 키미시마 군은 좋은 친구야."

그렇다고요! 라고 대놓고 말할 순 없다. 친구 관계에서 멈추고 싶지 않다는 흑심이 가득했기 때문이다.

　"'만심'의 열혈 청취자라고. 그쪽 이야기를 할 수 있는 상대가 생겨서 내가 얼마나 즐거운데!"

　감정을 드러내며 덤벼드는 타카우지 양의 모습이 신기해서 나는 그 진지한 표정을 지켜보고 있을 수밖에 없었다.

　참고로 '만심'은 '만다리온 심야론'의 준말이다.

　"공통된 취미에 관한 이야기를 할 수 있게 돼서 즐겁다는 건 알지만, 키미시마는 단순한 친구라고 생각하고 있지 않을 텐데?"

　"…………아뇨, 친구, 맞는데요."

　타카우지 양을 응원하고 싶은 마음과 사실은 친구로 끝내고 싶지 않다는 마음이 뒤섞여서 잠시 묘한 침묵이 생겨나고 말았다.

　그 때문에 나오미치 씨는 그것 보라고 말하듯이 콧방귀를 뀌었다.

　"어딜 봐서 불순한 이성 교제라는 거야! 우린 아직 키스는커녕 손도 안 잡아봤다고."

　길거리에 타카우지 양의 목소리가 울려 퍼졌다.

　"그, 타카우지 양? '아직'이라고 하면, 그게……."

"어? ……앗."

말실수를 깨달은 타카우지 양의 얼굴이 서서히 빨개졌다.

"그, 그럴 예정도 없지만!"

타카우지 양은 주먹을 붕붕 휘두르며 지나가던 사람들까지 돌아볼 만큼 큰소리로 다시금 부정했다.

『아직이라고 할지, 미래의 일이니 가능성이 없는 건 아니겠지만……(우물쭈물)』 같은, 내가 기대했던 전개는 어디에도 없었다.

나오미치 씨가 난감하다는 듯이 머리를 벅벅 긁었다.

가족의 눈에도 이렇게까지 물고 늘어지는 타카우지 양의 모습이 신기해 보였나 보다.

"그래도 약속은 약속이야. 그런 이유로 무를 수는 없어. 남자 고등학생은 뭐든 하반신을 중심으로 생각하기 마련이라고."

"키미시마 군은 아니라고 몇 번을 말해야——!"

"정 그렇다면 내가 인정하게 만들어 봐라."

대화가 어느 쪽으로 흘러갈지 알 수 없어서 나와 타카우지 양은 다음 말을 기다렸다.

"키미시마, '만심' 열혈 청취자랬지?"

"네. 매주 실시간으로 들어요."

"'만심'은 업계 청취율 넘버원이라 불리고 상당한 수의 개그맨들이 듣고 있는, 굳이 말하자면 웃음 편차치가 무진장 높은 방송이다."

"네. 당연히 알죠."

나는 으스대는 얼굴로 답했다.

나는 '만심'의 모든 걸 알고 있다.

다른 라디오 방송을 들을 때도 있지만 개그맨이 진행하는 방송 중, 토크와 개그의 수준이 가장 높은 건 역시나 '만심'이었다.

타카우지 양이 나직하게 덧붙여 말했다.

"오빠는 전직 개그맨이었어. 가정 사정이랑 콤비 해산이 겹쳐서 그만두게 됐지만, 그때 얻은 연줄로 지금은 라디오 방송 구성 작가로 일하고 있는데⋯⋯."

"구성 작가?!"

내가 화들짝 놀라자, 나오미치 씨가 안경을 쓱 올려 썼다.

구성 작가. 방송 작가라 불리기도 하는 그들은 방송국으로 보내진 메일을 채택하거나 코너를 생각하거나 하는 방송 스태프를 말한다.

타카우지 양은 오빠의 영향으로 라디오를 듣게 됐다고 했는데, 그런 사정 때문이었나.

"'만심'이 얼마나 수준 높은 방송인지 안다면 설명은 안 해도 되겠군."

나오미치 씨는 한 박자 쉬며 나를 물끄러미 쳐다보고 있더니 손가락 세 개를 세워 보였다.

"다음 주 방송부터 세어서 3회 이내에 '만심'의 개그 코너에서 메일이 한 통 이상 채택될 것.만약 성공하면 같이 귀가하는 것 정도는 허락하지."

"코너에…… 메일 채택……."

"난 재미없는 놈은 인정 못 한다. 멋이 있건, 머리가 좋건, 돈이 많건, 그딴 건 아무래도 좋아."

이거, 타카미야 양한테 도와달라고 하면 간단히 통과할 수 있지 않을까…….

나오미치 씨는 '우지차'가 타카우지 양이라는 걸 모를 가능성도 있다.

아니, 분명 모를 거다.

야한 개그 메일을 보내고 있다는 걸 가족에게는 알리고 싶지 않을 테니 숨기고 있을 것이다.

하지만 타카우지 양에게 시선을 보내자, 생각했던 것보다 훨씬 심각한 표정을 짓고 있었다.

"조, 좋아요. 하죠. 해내겠어요."

"기대하마. 알기 쉽게 라디오 닉네임을 미리 정해두도록 하지. 글쎄…… '상큼 폰치'로 투고해라."

크후후, 타카우지 양이 반응해서 뺨이 햄스터처럼 빵빵해졌다.

'폰치'*는 야한 개그라고 하기에는 조금 미묘한데, 반응하다니…….

---

*일본어 폰치(ポンチ)를 거꾸로 읽으면 남자의 성기를 뜻하는 단어가 된다.

여전히 웃음보따리가 초등학교 저학년 수준인 것 같다.

"알겠어요. '상큼 폰치'로 보내면 되죠?"

"푸흡~."

타카우지 양이 참지 못하고 웃음을 터뜨렸다. 마음에 안 드는지 나오미치 씨는 무시했다.

"그 닉네임으로 보낸 것만 인정한다."

나오미치 씨는 그 말을 남기고 차에 올라탔다.

"키미시마 군. 나중에 연락할게."

"응."

그럼 이만, 이라고 하며 타카우지 양도 조수석에 탔다.

출발 직전에 굳이 창문으로 얼굴을 내밀고 이쪽을 향해 손을 흔들었다.

그뿐인데도 기분이 한결 나아졌다.

나는 어두워지기 시작한 도로를 미끄러지듯 달리는 차를 배웅했다.

그날 밤, 방에서 느긋하게 시간을 보내던 중에 메시지가 왔다.

퍼뜩 무릎을 꿇고 앉아서 앱을 기동했다.

타카우지 양이 보낸 줄 알고 봤더니 나토리 양이었다.

『선생님한테 허락 맡았어. 개인 연습해도 된대!』

긴장이 풀리자 곧장 무릎을 꿇었던 자세도 풀어졌다.

이모티콘을 적절하게 곁들인 문장은 딱 봐도 나토리 양 같은 분위기가 느껴졌다.

『고마워!!』

『뭘 이 정도 갖고~.』

메시지 뒤에 엄지를 치켜세운 치유계 캐릭터의 스탬프가 날아왔다.

곧이어 또 메시지가 왔는데, 이번에는 정말로 타카우지 양이었다.

『오늘은 오빠가 이상한 소릴 해서 미안해. 원래 그렇게 과보호니까, 너무 신경 쓰지 마.』

『아냐. 괜찮아.』

사실은 별로 괜찮지 않다.

왜냐하면 나는 불순한 이성 교제를 하고 싶고, 그걸 허락하지 않겠다는 나오미치 씨와 대척점에 있기 때문이다.

『메일 채택에 관한 일 때문에 그러는데, 전화해도 될까?』

메시지로 대화하는 것보다 그러는 게 빠르다고 생각한 것이리라. 나도 물어볼 게 있었으니 마침 잘됐다.

그런 생각을 한 순간, 나토리 양 역시 또 메시지를 보내왔다.

『아카리 군, 지금 통화할 수 있어?』

응? 어째서?

대화는 좀 전의 메시지로 끝났다고 생각했는데── 아무튼 지금은 좀 곤란하다. 타카우지 양이 여러모로 중요도가 더 높으니까.

여자애 둘한테 전화해도 되냐는 말을 거의 동시에 듣다니, 이게 꿈이람 현실이람.

『미안, 지금은 좀 곤란해.』

그렇게 답장하자 곧장 『OK』라 적힌 치유계 캐릭터의 스탬프가 왔다.

그럼, 다음은 타카우지 양인데.

전화해도 되냐고 물어봤다는 건, 이쪽이 전화를 걸어도 괜찮다는 뜻이지……?

편한 자세에서 다시 무릎을 꿇고 자세를 바로잡은 후, 나는 통화 버튼을 눌렀다.

아아…… 긴장된다.

메시지도 적응이 돼서 긴장을 안 하게 됐고, 얼굴을 보고 말할 때도 긴장하지 않게 됐는데, 통화를 하려니 왜 이렇게 긴장되는 걸까…….

통화연결음이 들릴 때마다 긴장도가 계속해서 높아졌다.

긴장감이 정점에 달한 순간, 통화연결음이 끊겼다. 스마트폰을 귀에서 떼어 확인해 보니, 통화가 시작된 상태였다.

바바바바바, 받았어!

"저기저기, 여여여보여보세요."

심장이 너무 쿵쾅거려서 잔뜩 당황한 목소리만 튀어나
왔다.

『네, 여, 여보세요?』

"갑자기 전화해서 미안. 통과할 수 있는 상황이라 걸어
봤는데, 타카우지 양은 괜찮아?"

『응. 근데, 지금 목욕하려던 참이라.』

Oh…….

『끊지 말고 기다려. 옷 입을 테니까.』

옷을, 입어……? 그렇다면 지금, 알몸이란 건가요.

어, 아, 오오, 어? 따위의 의미를 이루지 못한 무언가를
내뱉고 있자 타악, 스마트폰을 내려놓는 소리가 들렸다.

탈의실 같은 데에 있는지 부스럭부스럭, 슈륵, 옷감이
스치는 소리가 들려왔다.

타카우지 양, 지금, 옷을 입고 있구나…….

뭉게뭉게 떠오르는 상상을 떨쳐내듯이 나는 붕붕 고개
를 가로저었다.

어흠, 헛기침하는 듯한 소리가 들리더니 『오래 기다렸
지』라고 타카우지 양이 다시 전화에 대고 말했다.

"아냐, 괜찮아. 정말 감사합니다."

『응? 왜 감사를 해?』

고개를 갸웃하는 모습이 눈에 선하다.

나는 아무것도 아니라고 적당히 얼버무렸다.

"개그 메일 채택에 관한 이야기 말이야, 그건 타카우지 양이 도와주면 식은 죽 먹기일 것 같은데, 가능하면 도와줄 수 있을까……?"

『맞아. 그 이야기 말인데…….』

타카우지 양은 말하기 껄끄럽다는 듯이 우물거렸다.

『이전에 채택률이 80%라고 했었지.』

"응."

그렇기에 도움을 받으면 식은 죽 먹기라고 생각했는데.

『그건, 허세를 부리려고 과장한 거야. 사실은 10% 정도야.』

"…………그, 그렇구나."

꽤 많이 채택되고 있는 '우지차' 님조차 열 통 중 한 통이라고……?

"와. 치열하네……."

『그래. 격전구라는 말은 과장이 아니야.』

"반칙은 불가능하다는 건가."

『그런 셈이야. 조언 같은 건 할 수 있을지도 모르지만, 필승법은 없어. 애초에 재미있는지 어떤지로 판단하니, 기준 자체가 주관적이라 애매하기도 하고…….』

듣고 보니 그러네. 완전히 예상이 빗나갔다.

"내 힘으로 어떻게 하는 수밖에 없다는 건가."

『맞아……. 게다가 그 닉네임으로 내가 보낸다고 채택된다는 보장도 없는 데다, 오빠의 기준으로는 난 이미 약속을 어긴 상태인 것 같으니, 이 이상 실망할 만한 짓을 하고 싶지는 않아. 연줄을 쓰면 누가 보냈는지도 특정할 수 있을 테고.』

그렇겠지…….

타카우지 양이 내 닉네임으로 메일을 보내게 해보자는 생각은 나도 했지만, 그건 완전히 반칙이다. 떳떳하지 못한 짓이다. 키도코로 선배가 포커에서 수작을 부렸던 것과 같은 짓이다.

게다가 신분이 노출될 위험성을 생각하면 하지 않는 게 낫다.

『어쨌든, 내가 할 수 있는 조언은, 개그 각본을 쓰고 또 쓸 수밖에 없다는 것뿐이야.』

"응, 해볼게."

딱히 나오미치 씨의 인정을 받을 필요는 없지 않나, 라는 생각이 안 드는 건 아니다.

하지만 나는 괜찮아도 타카우지 양은 안 괜찮을 거다.

부모와 같은 오빠고 존경하고 있다고 했었다. 그런 사람 몰래 양심에 찔리는 짓을 계속하는 건, 아무래도 찜찜할 거다.

『나이 차이가 커서, 오빠는 예전부터 나를 귀여워했어. 지금 생각해 보면, 남매라기보다는 아버지와 딸 같은 거리 감이었던 것 같아.』

"미소녀 여동생이 있으니 과보호할 만도 하지."

『미, 미소녀 아니야. 아니라고. 놀리지 마.』

미안미안, 나는 가볍게 사과했다.

『개그맨 시절에는 콤비가 있었고, 오빠가 쓴 각본으로 지방 만담 '신인상전'에서 상을 탄 적도 있어.』

"우와."

『그렇게 재능은 있었지만, 사정이 있어서 해산해 버렸어.』

아마 내가 나오미치 씨를 나쁘게 생각하지 말았으면 하는 것이리라.

"자랑스러운 오빠네."

딱히 긍정하는 말을 하지는 않았지만, 그 침묵은 긍정이나 다름없었다.

『그런 오빠이기에, 키미시마 군을 온전히 인정해 줬으면 해.』

"역시 하는 수밖에 없네……!"

『키미시마 군이라면 분명 할 수 있을 거야. 나와 버금가는 열혈 청취자잖아.』

좋아하는 여자애가 이렇게까지 응원하는데, 의욕이 나지 않는 남자가 어디에 있겠는가.

"고마워. 힘낼게. 그러고 보니 체육 시간에 테니스할 거라던데. 여자들도 남자들 하는 거 구경하러 올까?"

보러 오지 않는다면 연습할 필요도 없을 텐데.

『응. 나도 아마 보러 갈 거야.』

체육 수업으로 호감도가 오를 수도 있지만 내려갈 수도 있다.

뭐야 저거, 기분 나빠, 하고 무시……당할 가능성도 있다.

『그게…… 보러 갈게.』

나직한 목소리로 웅얼거리듯이 타카우지 양이 말했다.

남자들이 수업하는 모습이 아니라 나를 보러 오겠다는 투로 들렸다.

이거, 의외로 내게 기대하고 있는 느낌?

아아~ 진짜로 꼴사나운 모습을 보일 수 없게 됐잖아. 빠져나갈 구멍이 없어졌어.

나토리 양한테 부탁하길 잘했네~.

우리는 그 후, 적당히 잡담을 나누고서 통화를 마쳤다.

테니스도 노력해야겠네.

하지만 개그 메일 쪽이 더 중요하다.

공부용 책상에 앉아 펜을 들고 노트를 펼쳤다.

후후……. 무심결에 웃음이 났다…….

"전혀, 하나도, 아~무 생각도 안 나……."

시작하자마자 난관에 부딪혔다. 그 절망감에 나는 머리를 싸쥐었다.

개그 각본을 쓰는 건, 어렵구나.

3 기본이야말로 진정한 오의

방과 후. 반장이라 사소한 심부름을 부탁받은 나와 타카우지 양은 잡일을 마치고 교실로 돌아왔다.

"코너에 따라 다르지만, 공감형 소재가 구상하기에는 쉬울지도 몰라. 그만큼 자신만의 관점은 필요하겠지만."

내가 개그 각본을 쓰는 게 어렵다고 말하자, 타카우지 양이 의기양양하게 알려주었다.

"그건 알지만, 막상 재미있는 걸 쓰려고 하니 너무 막막해서."

실제로 청취자가 되고서 몇 번인가 보낸 적이 있었다.

하지만 한 번도 채택된 적이 없다. 그냥 떠오른 바를 메일로 보냈을 뿐, 이렇게까지 진지하게 생각해 본 적은 없었지만.

이제 아무도 없기에 나는 거리낌 없이 스마트폰의 메모장을 띄워서 이것도 아니고, 저것도 아니고, 하며 메모했다가 지웠다가를 반복했다.

"키미시마 군, 집에 안 가?"

귀가 준비를 마친 타카우지 양이 자리에서 일어났다.

스마트폰으로 시간을 흘끔 보았다. 오늘은 나토리 양과 동아리 활동이 끝난 후에 개인 연습을 하기로 했지만, 그때까지 아직 시간이 좀 남았다.

개인 연습은, 솔직히 말해서 폼을 잡기 위해 하는 거라 대놓고 말하기가 망설여졌다.

어젯밤에 한 이야기도 있으니, 타카우지 양이 '내가 보러 간다고 해서 의욕이 넘치나 보네'라고 생각하기라도 하면 살짝 난감해진다. 사실이기는 하지만.

타카우지 양은 【외로움쟁이】라 누군가와 함께 귀가하고 싶은 것이리라.

나는 우연히 선택지에 있었을 뿐이고 평소처럼 내가 없었다면 다른 누군가와 함께 갔을 거다.

다시 한번 시간을 확인했다. 역까지 배웅했다가 학교로 돌아온다고 쳐도 테니스부의 활동이 끝날 시간까지는 여유가 있다.

"그럼, 갈까?"

나는 빈손으로 자리에서 일어났다.

"어? 짐은?"

"어차피 다시 와야 해서."

"……그래?"

타카우지 양은 의아하다는 듯이 눈을 깜박거렸다.

학교를 뒤로 해서 평소처럼 역으로 이어진 길을 걷는다. 나오미치 씨에게 안 들켜야 할 텐데.

"분명히 말해두자면, 딱히 혼자 집에 가는 게 싫었던 건 아니야."

"정말로~?"

장난스럽게 묻자 부루퉁해졌다.

"정말이야."

요전에도 교문 뒤에 숨어 기다리고 있었으면서.

야한 농담을 좋아하고 정크푸드를 좋아하고, 사람 많은 곳을 싫어하고 외로움쟁이. 언뜻 봤을 때 느껴지는 그녀의 이미지와 스테이터스는 여러모로 정반대였다.

어울리기 귀찮은 여자애라고 생각할 사람도 있을지 모르지만 나는 그렇지 않았다.

"개그 메일은, 오빠가 일방적으로 제시한 조건인데. 다시 생각해 보니 키미시마 군한테 민폐를 끼친 것 같아······."

그 발언에 나는 고개를 가로저었다.

"그렇지 않아. 나는 딱히 가족도 뭣도 아니니, 나오미치 씨가 어떻게 생각하든 상관없지만, 타카우지 양은 그렇지 않잖아. 교우관계를 참견하는 것도 싫을 테고, 가족이 틈만 나면 잔소리를 해대는 것도 별로 기분이 안 좋을 테니까."

"그렇게 진지하게 생각해 줬구나."

의외라는 듯이 타카우지 양은 거듭 눈을 깜박거렸다.

"오빠가 성가시게 굴어서 미안해. 동생인 내가 사과해 둘게."

"그 동생분도 알고 보면 꽤나 특이하지만."

보란 듯이 어깨를 으쓱하며 말하자 내 의도를 제대로 이해했는지.

"무슨 뜻이야."

타카우지 양이 내 어깨를 가볍게 때렸다. 여전히 담담한 말투였지만 타카우지 양의 눈은 웃고 있었다. 나는 농담이야, 농담, 이라고 해서 말을 주워 담았다.

오늘은 그 성가신 오빠가 등장하지 않아서 무사히 역까지 올 수 있었다.

그럼, 나는 이대로 발걸음을 돌려서 곧장 학교로 돌아가야지.

"그럼, 내일 봐."

"응."

평소 같았으면 타카우지 양도 손을 흔들어 인사하고서 곧장 개찰구로 들어갔겠지만, 오늘은 어째서인지 들어갈 낌새가 없었다.

"왜 그래?"

"나—— 가, 같이 귀가하는 거, 꽤 많이 기대하고 있어!"

"어…… 고마워……?"

어안이 벙벙해진 나를 향해 타카우지 양은 말을 이었다.

"귀찮은 여자라고 생각할지도 모르지만, 내일도 모레도, 그다음도, 잘 부탁드리겠습니다."

말 떨어지기 무섭게 내 대답도 듣지 않고 쌔앵~ 하고 달려가고 말았다. 발도 빠르네.

조금 전에 들은 말을 정리하자면, 타카우지 양은 나와 귀가하는 걸 기대하고 있다. 하지만 나에게도 사정이 있을 테니 매일 그러진 못할 거다. 귀찮다고 생각할지 모르지만 그래도 함께 귀가하고 싶다── 이건가?

【외로움쟁이】항목을 지닌 타카우지 양은 나와 귀가하는 걸 좋게 생각하고, 나는 함께 하교하는 것만으로도 호감도를 올릴 수 있다.

관계성이 조금이나마 발전한 듯한 느낌이 든다.

【외로움쟁이】라는 건 의외로 좋은 항목이 아닐까. 적어도 나한테는 좋은 의미로 반전 매력이 되고 있으니.

학교로 발걸음을 돌리자, 타카우지 양에게서 메시지가 왔다.

『힘내.』

왜 이런 한마디에 이렇게나 의욕이 샘솟는 걸까.

학교로 돌아가는 도중에도 개그 소재에 관해 생각해 봤지만, 그렇게 갑자기 떠오를 리는 없었다…….

결국 아무 아이디어도 없이 학교로 돌아왔고, 마침 시간이 되었기에 짐을 챙겨서 교실을 빠져나왔다.

"앗, 아카리다. 아직 있었어~?"

복도 건너편에서 가방을 어깨에 멘 하루가 이쪽으로 걸어왔다.

"어쩌다 보니. 너야말로 뭐 하고 있었는데?"

"음~ 연애 얘기?"

여자들은 그런 거 좋아하더라.

출입구에서 운동화로 갈아 신자 하루가 탁, 하고 로퍼(단화)를 시멘트 바닥에 내려놓고 발을 집어넣었다.

"집에 가자, 집에~. 뭔가 같이 집에 가는 거 오랜만인 것 같다~?"

들떠 보이는 하루가 옆에 나란히 섰다.

"미안하지만, 난 아직 집에 안 갈 거거든, 하루찡."

"어? 왜?"

"나토리 양하고 테니스 연습하기로 해서."

"아. 혹시 체육 시간에 테니스할 거라고 해서 그래?"

여기까지만 말해도 다 알아채네.

"뭐, 그렇지."

"그렇게 폼 잡으려 애쓸 필요가 있어? 아카리는 지금 이대로여도 괜찮잖아?"

"그러고 싶어서 그래. 폼이 날지는 모르겠지만."

흐음~ 하고 하루가 애매한 투로 답했다.

"무리하는 거 아냐?"

"아냐. 지금 노력하지 않으면 기회고 뭐고 날아가고, 지금까지 쌓아온 것도 안 좋은 쪽으로 기울어질 가능성이 있어."

"고작 그런 일로 기울면, 애초에 그 정도밖에 안 되는 애였다는 뜻이잖아. 왜 지금까지 함께 이야기하고 즐겁게 지낸 시간까지 무의미해지는데?"

"그렇게 옳은 소리만 하지 말라고~."

이 갸루는 틈만 나면 정곡을 찌르는 소릴 한다니까.

동아리동에서 교복으로 갈아입은 쿠사카베 군 일행이 나가는 모습이 보였다. 이제 어제처럼 놀림감이 될 일은 없을 거다.

혼자 오도카니 남아있던 나토리 양이 우리를 알아보고 손을 흔들었다.

"오래 기다렸지~. 두 시간 정도는 해도 괜찮대!"

"하나부터 열까지 정말 고마워!"

어제는 들어오지 못했던 테니스 코트에 실례해서 교복 겉옷을 벗었다.

"……하루, 왜 따라온 거야?"

"뭔가 재미있어 보여서 나도 할까 하고~."

"좋아좋아! 하루도 같이 하자~!"

"예이~!"

"예이, 컴 온!"

신이 나서 손을 마주치고 있다.

마당발 인싸 여자애들의 사고회로는 도무지 모르겠어.

나와 하루는 나토리 양이 준비한 라켓을 빌려 곧장 연습에 돌입했다.

"뭐, 테니스는 서브랑 리시브만 제대로 해도 체육 수업에서는 쉽게 이길 수 있을 테니, 그것부터 시작하자!"

"넵."

"네~에."

배움보다 숙달이라기에 간단한 것부터 익히기로 하고, 공이 잔뜩 들어 있는 바구니를 발치에 두고 각자 서브 연습을 시작했다.

근데…… 전혀 안 맞는데.

나토리 양이 "여기부터 이 사이에 집어넣는 거야~"라고 말한 곳에 공을 떨어뜨리려 했지만, 애초에 맞질 않는다.

서브, 어렵다.

고전하는 내 옆에서는 하루가 순조롭게 공을 치고 있었다.

"하루, 잘한다~! 다 들어가고 있어!"

"그치~?"

신이 난 하루가 또 공을 토스했다.

"웃차!"

파앙── 하루가 때린 서브가 보란 듯이 코트 안에 들어갔다. 하지만 스커트를 입은 채로 하고 있다 보니 스커트가 둥실 떠올라 안이──.

"하루, 팬티 보여!"

"?!"

하루가 스커트 자락을 확 붙잡고 이쪽을 쳐다봤다. 나는 순간적으로 고개를 돌리고 진지한 눈빛으로 다시 공을 토스했다가 헛스윙을 했다.

안 보이고 안 들려. 나는 소꿉친구의 팬티에는 전혀 관심이 없다고.

근데 오늘도 흰색이더라.

"아카리 군, 잠깐 실례할게."

나토리 코치가 다가오더니 내 뒤에 딱 달라붙어서 양쪽 손목을 잡았다.

엉큼한 아저씨가 여성에게 골프 레슨을 할 때처럼 거의 몸이 밀착됐다.

"으음, 이렇게 해서, 이렇게——!"

나토리 양이 내 팔을 움직이는 것에 맞춰서 라켓을 휘둘러 보았다.

그 상태 그대로 토스를 올려서, 다시 한번 라켓을 휘두른다. 그러자 파앙, 하고 맞더니 서비스 라인 안으로 들어갔다.

"오, 맞았다."

"이런 느낌으로 하면 돼."

그 상태로 조언을 두세 마디 더 하는가 싶더니, 나토리 양이 갑자기 거리를 확 벌렸다.

"아, 미안, 나, 동아리 활동하고 난 뒤라 땀 냄새 날지도 모르는데!"

"아냐! 땀 냄새는커녕 아무 냄새도 안 났어. 애초에 무취

(無臭)였다고."

"그럼 됐고. 다행이다."

나토리 양이 수줍은 미소를 지어 보였다.

"슈~웃!"

파앙, 하루가 친 공이 내 얼굴에 직격했다.

"어흐헉?!"

"아카리 군, 괜찮아?!"

"야 임마, 무슨 짓이야."

내가 불평하자 하루는 뻔뻔스럽게 말했다.

"실수야. 미안~."

"딱 봐도 고의잖아! 왜 바로 옆으로 치는 건데."

하여간. 이 파렴치 테니스 플레이어 같으니.

하아, 한숨을 내쉬고서 조금 전에 느낀 감각을 잊기 전에 다시 한번 서브를 때렸다. 그러자 또 성공했다.

"좋았어."

"응…… 아카리 군한테라면, 내 필살 샷을 전수할 수 있을지도 몰라."

"못 해. 경력이 달랑 5분밖에 안 되는 녀석의 뭘 보고 그렇게 생각한 건데."

"왜, 금방 배웠잖아."

"우연이야, 방금 그건."

내 입으로 말하자니 좀 그렇지만.

나토리 양은 내 말을 전혀 듣지 않고 진지하게 말했다.

"내가 지금부터 전수할 샷은, 서브는 물론이고 리시브, 스매시, 포어, 백, 발리까지 모든 상황에 응용할 수 있는 기술인데……."

"사람들은 그걸 기본이라고 부르기로 했어."

내 말이 들리지 않는지 나토리 양은 곧장 그 샷에 관해 설명하기 시작했다.

"강하게 스핀을 먹여서 때리는 그 샷의 이름은 '라이징 스타'."

아동용 애니메이션에 나올 듯한 기술 이름이네.

나토리 양은 여전히 장난기라고는 전혀 찾아볼 수 없는 진지한 표정을 짓고 있었다. 농담이 아니라 진심으로 하는 말이다.

"어떤 샷인가 하면, 공이 번개를 두르고──."

"그럴 리가 없잖아."

그거 어떻게 하는 건데.

번개가 나오면 스타가 아니라 선더라고 해야지.

"아카리 군이라면 할 수 있을지도 몰라……. 해보자."

"어어, 응……."

기본도 제대로 모르는 나는 나토리 양이 "이렇게 해서 이렇게"라고 하며 가르쳐주는 대로 스윙을 따라 하기 시작했다. 이걸로 어떻게 번개가 나오는데.

"으~음, 뭔가 살짝 다른 것 같은데?"

다시 나토리 양이 등 뒤로 돌아들어 내 양쪽 손목을 잡고 밀착했다.

"이렇게 해서, 이렇게!"

"어, 응."

나토리 양이 진지해서 너무 의식하지 않으려 했지만, 너무 밀착했다고.

조신한 가슴의 감촉 같은 것도 살짝 등에 느껴지고.

"슈~웃!"

또다시 하루가 나를 향해 일부러 서브를 날렸다.

"흐걱?!"

정통으로 맞은 후에도 하루는 쉬지 않고 팡팡 공을 날려댔다. 팬티가 보이는 것도 개의치 않을 만큼 나에 대한 원한이 커진 모양이다.

하루가 때린 공은 모두 나한테 명중했다. 너~무 잘하신다!

"야! 벌칙도 아니고 이게 뭐 하는 짓이야!"

"나랑 히로 짱은 진지하게 하고 있는데, 아카리가 엉큼한 얼굴을 하고 있었잖아."

"……."

부정 못 하겠다.

"아카리 군, 괜찮아?"

나토리 양은 나를 방패 삼은 덕분에 대미지가 없었다.

"응. 그렇게까지 아프진 않았어."

못 말려, 라고 하며 나토리 양이 내 어깨 너머로 얼굴을 내밀었다.

"하루, 아까부터 생각했던 건데."

그래, 저 파렴치한 갸루한테 한 소리 해줘.

"숏은 축구거든?"

그게 아니야. 사람한테 공을 날려서는 안 된다는 매너를 가르쳐주라고.

"히로 짱, 농구에도 있잖아."

말꼬리 잡지 마.

하루는 마음을 다잡고 다시 서브 연습을 시작했다. 내가 아니라 반대쪽 코트를 향해서.

"하루, 귀엽다. 엄청 질투하네."

"어? 그래……?"

나는 계속해서 나토리 양의 꼭두각시 인형이 되어 두 팔을 움직였다.

"스윙은 됐어. 이 느낌을 떠올리면서 쳐 봐. 내가 앞에서 공을 토스해 줄게."

"응."

스윙은 둘째 치고 헛방이나 치지 않도록 조심해야지.

나토리 양이 바구니를 들고 이동하더니 "간다"라고 하며 나를 향해 공을 토스했다. 바닥에 한 번 튕긴 공을 최대한 빗맞지 않도록 스윙한다.

타앙, 기분 좋은 감촉이 손에 남았다.

제대로 맞은 타구가 빠르게 가속한다.

그러더니 네트를 넘었을 즈음, 파지직, 하고 번개 같은 것을 두르더니 반대쪽 코트에 맞고 힘차게 튕겼다.

뭐, 뭔가 나왔어?! 공에서 뭔가 나왔는데요?!

"아카리 군, 굉장해! 하면 되잖아!"

"해보니 가능했다고 할지, 초상현상이 일어났다고 해야 할지……."

"무슨 소리야?"

나토리 양한테는 안 보이나……?

한 번 더 해보니 공은 마찬가지로 번개를 둘렀지만, 나토리 양한테는 안 보이는 듯했다.

이게 뭐지? 스테이터스를 볼 수 있는 나에게만 보이나?

하루도 "제법이네~"라는 말만 하고 이상한 현상에 관해서는 언급하지 않았다.

"아카리 군, 센스 있어! 굉장해!"

"……우연히 잘 된 것뿐이야."

"이걸 반복해서 몸으로 익히자!"

"넵."

어두워지기 시작해서 나토리 양이 간이 조명을 켰다.

그러자 어둑한 곳에서 누군가가 코트로 다가오는 게 보였다.

"어~이. 누구냐, 아직까지 남아있는 게."

앗. 저 실루엣은……!

"윽. 맛총!"

하루의 천적, 체육 교사이자 학생지도 담당인 마총이 우락부락한 몸을 들썩거리며 이쪽으로 다가오고 있다.

하루는 쌔앵~ 하고 도망쳐서 눈에 띄지 않는 곳에 숨었다.

"나토리랑…… 키미시마냐? 학생들은 모두 하교해야 할 시간이다. 얼른 정리하고 집에 가라."

"고문인 오쿠보 선생님한테 개인 연습 허가를 받았는데요──."

"그런 얘기, 선생님은 못 들었다. 문단속해야 하니 얼른 정리해."

고문 선생님이 허가했으니, 상관은 없을 텐데.

"저기, 하지만…… 한 시간 정도만 더……."

"그만하고 얼른 정리하래도."

"너무해……."

나토리 양이 난감해했다.

· 사쿠라코지 시요

· 성장 : 성장

· 특징 / 특기

스포츠맨

실질강건

헬창

코베 레이브즈 팬

코가 선생님을 짝사랑하는 중

_____

　여전히 이름하고 인상이 따로 논단 말이지. 이 사람.

　【코가 선생님을 짝사랑 중】? 이건 전에 봤을 때는 없었
는데? 코가 선생님은 20대 후반 정도의 보건 선생님이다.

　【정체】였던 성장란이 【성장】으로 바뀐 걸 보니, 한동안
못 본 새에 스테이터스가 갱신된 모양이다.

　이전에 하루가 붙들렸을 때는 프로야구팀인 코베 레이
브즈에 관한 이야기로 화제를 돌려서 무마했지만, 요즘 레
이브즈는 상태가 좋지 않다. 같은 방법을 쓰면 오히려 언
짢아할 거다.

　그렇다면──.

　"선생님, 최근 코가 선생님이 푹 빠져 있는 듯한 동영상
이 있는데요."

　"갑자기 뭔 소리냐."

입으로는 그렇게 말했지만, 마츙은 눈에 띄게 관심을 보였다.

"고양이 동영상을 엄청 많이 보신대요."

"그, 그게 뭐 어쨌다고."

나는 보란 듯이 시계를 들여다보며 말했다.

"슬슬 코가 선생님이 퇴근하실 시간 같은데."

"…………."

"그 이야기를 꺼내면 말이 잘 통할 텐데~."

"……너무 늦게까지 하진 마라!"

마츙은 발걸음을 휙 돌렸다. 뭔가 말하고 싶은 듯이 나를 쳐다보는 마츙을 향해 나는 굿 럭, 이라는 의미를 담아 엄지손가락을 세웠다.

마츙은 고개를 끄덕이더니 교사 쪽으로 부리나케 돌아갔다. 짝사랑남에게 행운이 있기를.

"하아……. 다행이다. 덕분에 살았어, 아카리 군."

"천만에. 애초에 고문 선생님한테 허락받았으면 마츙의 허락을 받을 필요도 없을 텐데."

"맞아맞아. 그 말이 하고 싶었어. 대회가 다가오면 이 정도 시간까지 연습하기도 하는걸. ……근데 아카리 군, 코가 선생님이랑 친한가 보네."

"아니. 전혀."

"어? 그럼 고양이 동영상을 본다는 이야기는?"

"그야 대충 누구나 좋아할 법한 걸 고른 거지."

싫어하는 사람을 찾기가 더 어려울 거다.

사실은 아니지만 완전히 거짓말도 아니다.

"말재주가 좋네."

이히히, 나토리 양이 웃기에 나도 따라서 웃었다.

그러자 몸이 은은하게 빛나며 스테이터스가 갱신됐다.

———————

· 키미시마 아카리

· 성장 : 급성장

· 특징 / 특기

엑스트라

강심장

라디오 오타쿠

포커페이스

칭찬을 잘함

라이징 스타

각색가

———————

【라이징 스타】가 추가됐어?!

스테이터스에 실릴 만한 거였나.

그리고 【말재주가 좋음】이 【각색가】로 바뀌었다.

사실이 아닌 정보를 마총에게 불어넣었기 때문일 거다.

"맛총, 이제 없어?"

경계 모드에 돌입했던 하루가 고개를 빼꼼 내밀어 주변을 확인했다.

"괜찮아. 아카리 군이 쫓아냈으니까."

"아카리는 마총하고 말만 하면 무진장 잘 통하던데, 거의 절친 아냐?"

"그럴 리가 있냐?"

깔깔 웃으며 돌아온 하루와 연습을 재개해서 예정했던 시간에 끝냈다.

나토리 양 덕분에 라켓에 맞지 않았던 공이 맞게 되었고 【라이징 스타】라는 의문의 기술도 익혔다.

폼이 날지 어떨지는 모르지만, 꼴사나운 모습은 안 보일 수 있을 것 같다.

◆ 타카우지 사아야

오빠인 나오미치는 사아야와 나이 차이가 열두 살이나 있는 만큼, 어릴 때부터 많이 귀여워했다. 여동생이 아니라 딸을 대하는 것에 가까운 느낌이었을지도 모른다.

두 사람 모두 어머니뿐인 한 부모 가정에서 자랐지만, 초등학교 6학년 때 어머니가 집을 나가 돌아오지 않았다.

그 후, 남겨진 오빠와 동생의 생활이 시작되었다.

오빠는 그 당시, 장래가 유망한 개그맨이었지만 콤비와의 사이가 악화되어 해산했다.

동생을 먹여 살리기 위해 업계를 떠나 전혀 상관없는 일을 시작하려던 그때, 지인의 연줄로 라디오 구성 작가가 되지 않겠느냐는 제의를 받았다고 한다.

그리고 오빠는 비교적 안정적이라는 이유로 무대에 서기를 관두고 스태프 일을 시작했다.

여러 가지 사정이 있기는 했지만, 자신이 없었다면 오빠는 아직 개그맨으로서 무대에 서서 스포트라이트를 받지 않았을까.

심야 버라이어티 방송에서 '사라진 천재 개그맨의 근황'이라는 영상을 내보냈다.

타카우지 나오미치도 그중 한 명으로 소개되었다.

그것을 본 스튜디오의 옛 선배들이 오빠의 재능을 칭찬했다.

이름이 알려진 개그맨이 칭찬을 아끼지 않는 오빠가 자랑스러운 반면, 그런 오빠의 앞길을 자신이 막아버린 게 아닐까, 라는 생각을 거둘 수가 없었다.

"다른 녀석은 없지?"

집에서 저녁을 먹던 중, 나오미치가 느닷없이 입을 열었다.

보나 마나 친하게 지내는 남학생을 말하는 것이리라.

"없어. 오빠는, 내가 그렇게 경박한 여자로 보여?"

지금 부족함 없이 살 수 있는 건 오빠 덕분이라는 걸 너무도 잘 알고, 큰 은혜를 입었다고도 생각한다.

하지만 그거랑 이건 다른 이야기다.

"그건 아니지만, 남자들은 늘 기회를 엿보고 있는 생물이고…….."

"키미시마 군은 오빠랑 달라."

"같아."

서로 얼굴을 보지 않은 채 평행선을 달리는 대화를 나눴다.

"약속은 약속이니 지켜라. 그러기로 했잖아."

"……."

저렇게 말하면 할 말이 없다.

연애에 전혀 관심이 없었던 탓에 고등학교를 다니는 3년 동안 신경 쓰이는 남자애가 생길 거라고는 눈곱만큼도 생각하지 않았다.

그 때문에 대수롭지 않게 조건을 받아들인 중3의 자신이 원망스럽다.

아카리에게는 호감이 있다. 그런 감정을 품게 된 이상, 어떻게든 오빠에게 교우관계를 인정받을 수밖에 없다.

이쪽이 일방적으로 조건을 내걸었음에도 너그러이 이해하고 협력하는 아카리가 몹시도 고마웠다.

나오미치도 학교에 있을 때는 감시할 수 없다.

아카리가 말했듯이 몰래 이 관계를 이어갈 수는 있지만, 만약 그렇게 하면 성실한 사아야는 자신이 따르는 오빠와의 '약속을 어기고 있다'는 사실에 죄책감을 느끼고 말 거다.

"그럴 리는 없겠지만, 설마 걔를 좋아하는 건 아니겠지?"

갑작스러운 소리에 사아야는 사레가 들려 콜록콜록 기침했다.

"그, 그럴 리가 없잖아!"

사아야가 빨개진 얼굴에 파닥파닥 손으로 부채질했다. 오늘도 즐거웠던 귀갓길 풍경이 머릿속에 되살아났다.

"가, 갑자기 무슨 소릴 하는 거야……."

좋아……하는 걸까.

인간적으로 호감이 가는 것은 분명하지만, 연애적인 의미에서 좋아하는가 어떤가를 말하자면 아직 애매했다.

함께 있으면 즐겁고, 수다를 떨면 즐겁다.

자신이 그렇게 느낀 사람이기에 아카리와의 관계를 정식으로 오빠에게 인정받고 싶다.

"혹시 몰라서 확인한 거야. 그럴 리가 없겠지만. 딱 봐도 라디오 청취자처럼 생긴, 인기 없어 보이는 녀석이었으니까."

자조 섞인 그 발언에 사아야가 째릿, 하고 눈총을 쏘았다.

"그게 뭐 어때서? 인기가 있고 없고는 아무래도 상관없잖아. 심야 라디오 청취자 중에 나쁜 사람은 없어."

"그래그래."

또 그 소리냐, 라고 하며 나오미치는 슬쩍 어깨를 으쓱했다.

저녁 식사를 마치자 밤 여덟 시가 됐다.

자신의 방으로 돌아와서 아카리는 지금 뭘 하고 있을까, 상상해 본다.

『뭐 좀 생각났어?』

별생각 없이 메시지를 보내고서 얼마쯤 지나.

흘끔흘끔, 대화방을 확인했지만 읽음 표시가 뜨지 않았다.

메시지를 보내고서 한 시간이 지나려 하고 있었다.

"나…… 나 때문에 괜히 압박감을 느낀 걸까……?!"

불안해져서 그럴 생각은 없었다는 문장을 입력하려 했지만, 생각이 정리되질 않았다.

그래. 사아야는 좋은 생각이 났다.

"내 경험담 중 개그 메일에 참고가 될 것 같은 걸 보내면 되겠어."

좋아좋아. 방침을 정하고 평소 유념하고 있는 것과 어째서 그렇게 생각하는지 등, 이론적인 것들을 문장으로 정리해 나간다.

"됐다."

메시지 입력창이 새까매질 정도의, 엄청나게 긴 조언이 완성되었다.

"……."

그제야 정신이 돌아왔다.

자신의 창작 기법을 뽐내는 것 같아서 적는 동안에는 매우 기분이 좋았지만, 객관적으로 보니 이건 길어도 너무 길다.

"식겁할 거야, 이런 걸 보면!"

사아야는 침대에 스마트폰을 내던졌다.

"게다가 뭐가 잘났다고! 채택률 80%라고 과장을 잔뜩 해놓고선! 설득력이 없잖아!"

부정적인 상상이 부풀어 오르다 못해 머릿속에서 아카리가 비아냥거리는 소리를 했다.

'채택률 80%라고 거짓말하더니, 그렇게나 존경받고 싶었구나? 귀중한 조언, 고마워.'

그럴 사람 아니야, 라며 사아야는 상상을 떨쳐냈다.

"나는 그저, 키미시마 군과의 관계를 아무에게도 방해받지 않고 이어가고 싶을 뿐인데……."

나직하게 본심이 새어 나왔다.

둥글둥글한 펭귄 인형을 자신의 앞에 앉혀놓고 사아야는 둘째손가락을 척 세워 보이며 말했다.

"분명히 말해두겠는데. 나는 연애적인 의미에서 좋다거나 하는 게 아니라, 키미시마 군이 인간적으로 좋······ 좋·········· 괜찮다고 생각하는 것뿐이야. 뭔가 착각하고 있는 거 아냐?"

하고 싶은 말을 한 후, 사아야는 말 없는 펭귄을 끌어안고서 그 머리에 턱을 기대었다.

스마트폰을 들여다보았지만, 아직도 읽음 표시는 안 떴다.

"키미시마 군······ 이런 시간까지 뭘 하는 걸까······."

아이콘을 탭하여 아카리의 몰개성한 자기소개 화면을 본다. 아직도 메시지에 읽음 표시가 안 뜬 것을 확인하고 나자, 기다리는 시간을 견딜 수가 없게 된 사아야는 메시지를 삭제하고 스마트폰의 화면을 껐다.

학교에 가는 날과 상관없이 대화는 거의 매일 나누었다.

그 때문인지 반응이 없으니, 뭔가 허전했다.

4 체육 시간에 테니스

오늘은 1교시부터 그 체육 수업이 있는 날이었다.

나토리 양, 하루와 테니스 특훈을 한 덕에 제법 여유가 있었다.

게다가 【라이징 스타】라는 의문의 샷도 나토리 양에게 직접 전수받았다. 대책은 완벽하다.

테니스장에 모인 학생들 앞에서 마총이 설명했다.

이곳에 모인 시점에서 수업 내용은 테니스가 될 수밖에 없었다.

창고에 보관된 낡은 라켓을 각자가 손에 쥐었다.

"에~ 우선 2인 1조로 간단히 연습해라~."

여자와 남자가 성별로 나뉜 탓에 필살 '2인 1조일 때는 하루에게 의지하기'가 봉인되었다.

혼자 해도 상관없으려나. 연습은 무진장했으니까.

"키미시마는, 선생님이랑 할까?"

마총이 환한 미소를 띤 채 내 옆으로 다가왔다.

"어쩔 수 없네요, 선생님."

"아니, 내가 할 말이다만. 내가 남은 게 아니라 네가 남은 거잖냐."

마총은 기분이 좋으신지 으하하, 하고 웃더니 목소리를 죽여서 내게 말했다.

"코가 선생님, 고양이 좋아하시더라."

"그거 잘됐네요."

"이야기가 잘 통한 건 키미시마, 네 덕분이다. ……또 다른 정보는 없냐?"

거 욕심도 많으시네~.

"지금은요. 또 정보를 얻으면 알려드릴게요."

"음."

짝사랑 남자 동맹이 결성되어 가고 있었다.

네 개의 코트 중 절반은 남자가, 나머지 절반은 여자가 사용하고 있다.

체육복을 입은 타카우지 양의 눈이 부실 만큼 아름다웠고, 라켓을 휘두를 때마다 검은 머리가 두둥실 떠올랐다.

스포츠는 뭐든 잘한다는 주변의 평가답게 테니스도 잘하는 듯했다.

반팔 체육복에서 뻗어 나온 가녀린 두 팔, 건강미가 느껴지는 하얀 다리와 조금 붉은 기가 도는 무릎. 타카우지 양만 청춘 드라마에 나오는 히로인처럼 비주얼이 차원이 다르게 뛰어났다.

남자 중 태반이 타카우지 양을 흘끔흘끔 쳐다볼 만도 하다. 그리고 타카우지 양을 의식해서 폼을 잡으려 하는 녀석들도 많았다.

하루는 체육복 차림인데도 여러 의미로 눈에 띄었다. 나와야 할 부위가 불쑥 튀어나와 있는 탓일 거다. 참고로 마총과의 머리 색 공방전으로 말하자면, 오늘은 그리 오래 가지 않았다.

"히이로 잘한다~!"

"하하하. 평소에도 하니까~."

나토리 양은 친한 여자애와 네트를 사이에 두고 공을 때리고 있었다. 오늘도 기운이 넘치는지 상대가 이상한 곳으로 공을 날려도 "오케이~ 오케이~"라고 하며 빠른 걸음으로 공을 주우러 갔다.

제자가 걱정되는지 내 쪽을 보더니 살며시 손을 흔들었다.

"……."

그 모습을 보고 있던 타카우지 양이 보라색 오라 같은 것을 펄펄 내뿜었다.

"어~이, 키미시마, 간다~."

"아, 네."

모, 못 본 걸로 하자. 뭔가 언짢아 보이던데. 내가 뭔가 기분 상할 만한 짓을 했던가……?

마총이 날린 공을 향해 라켓을 휘두르자 제법 잘 맞았다.

그렇게 10분 정도 연습을 하다가 간단한 시합을 하게 되었다.

"키미시마. 붙자."

쿠사카베 군이 말을 걸어왔다.

"어, 응……."

달리 할 상대가 없었던지라 어떻게 보면 고마웠다. 마총은 '잘 됐구나'라고 말하는 듯한 얼굴로 고개를 끄덕이고 있다.

화기애애한 다른 애들과 달리 이쪽만 분위기가 살벌하건만.

"나랑 해도 괜찮겠어……?"

나랑 해봐야 재미없을 텐데, 하고 걱정스러운 투로 쿠사카베 군에게 묻자, 얼굴을 바짝 들이댔다.

아아, 이건 싸울 때의 거리감이다. 적의가 그득하네.

"너랑 붙고 싶은 거야."

"아, 그래……."

"왜 너 같은 녀석이 타카우지 양하고 친해진 건데. 이렇다 할 장점도 없는 주제에."

그러고 보니 요전의 방과 후에도 타카우지 양이 어쩌니저쩌니했었지.

"아주 박살을 내줄 테니 각오해라."

난감하게 됐네.

나는 꼴사나운 모습만 안 보이면 그걸로 족했는데. 상대가 테니스부인 이상 아무리 발버둥 쳐도 승산이 없다. 상대가 강해서 그렇다고 해도, 내 이미지는 안 좋아질 거다.

얼마쯤 기다린 후 코트가 비자, 나와 쿠사카베 군이 거기로 들어갔다.

간단한 시합 형식이라 7점 선취한 쪽이 이긴 걸로 치겠다고 한다.

테니스부인 녀석이 체육 수업에서 초짜를 묵사발 내려하는 건 좀 그렇지 않나.

하아, 나는 한숨을 내쉬었다.

"유치하기는……."

"뭐?"

"아무것도 아냐."

체육 수업에서 하는 구기 종목은 반쯤 놀이 같은 거니즐겁게 하면 그만인데, 굳이 걸고넘어지다니.

가위바위보를 해서 쿠사카베 군이 서브권을 가져갔다.

하지만 뒤집어 말하자면 기회이기도 했다.

여기서 선전을 펼치면 귀가부치고는 대단하다고들 생각하지 않을까.

다행히도 특훈으로 익힌 【라이징 스타】가 있다.

그게 통한다면 이기진 못하더라도 그런 전개가 펼쳐질가능성도 있을 거다.

밑져야 본전이라는 걸 알고 나니 생각보다 긴장이 안되네.

"나한테 1점이라도 따보시지——!"

쿠사카베 군이 서브를 때렸다.

날 얕보고 있는지 공이 그다지 빠르지 않았다. 이 정도면 어렵지 않게 받아칠 수 있다.

연습한 대로 라켓을 있는 힘껏 휘둘렀다.

잘 맞았을 때의 감촉이다.

받아라! 【라이징 스타】!

타앙, 경쾌한 소리와 함께 타구가 가속하더니 파직파직, 번개를 둘렀다.

"엉?"

날카로운 리시브가 코트 구석에 꽂혔다.

"말도 안 돼……."

쿠사카베 군이 눈을 껌벅거렸다.

"의, 의외로 좀 하네……."

"그럼, 이제 내가 서브지?"

공을 건네받아 정해진 위치에 서려 하자, 지켜보고 있던 나토리 양이 소심하게 라켓을 두드려 박수를 치고 있었다.

입만 움직여 힘내~라고 하는 게 보였다.

"아카리~! 방금 뭔가 굉장하지 않았어?! 장난 아닌데?!"

하루도 보고 있었는지 말을 걸어왔다.

"연습했으니까."

"달랑 두 시간 연습한 것치곤 너무 잘 쳤잖아. 개웃겨!"

나도 헛웃음밖에 안 나온다고. 이상한 스킬을 익히질 않나, 때린 공은 번개를 두르질 않나, 뭐가 어떻게 된 건지.

타카우지 양은 방금 걸 봤을까. 슬쩍 돌아보니 방금 플레이를 봤는지 어리벙벙한 듯 맹한 표정을 짓고 있었다.

이거, 이미 오늘 목적을 달성했다고 봐도 되지 않을까?

"연습? 그런 거였냐. 조금 연습한 정도로 우쭐대지 마라."

리시브 위치에 선 쿠사카베 군이 위협적으로 말했다.

나는 대꾸하지 않고 서브를 때렸다.

타구는 번개를 두른 채 서비스 라인 안으로 들어갔다.

"큭, 이런——!"

쿠사카베 군은 한 번 본 탓인지 놀라지 않았지만 후웅, 하고 헛스윙을 했다.

보고 있던 여자애들 몇 명이 키득키득 웃었다.

"헛스윙한다."

"테니스부인데? 그럴 수도 있어?"

어느샌가 엑스트라 반장과 장신 테니스부 남학생의 시합은 주목을 모으고 있었다.

쿠사카베 군은 라켓을 쥔 손을 파르르 떨고 있었다.

"……."

"창피 주려고 한 상대 때문에 창피를 당하는 기분이 어때?"

"너 이 자식!"

이 정도 심술은 부려도 되겠지.

"우연으로 2점 땄다고 나한테 이길 수 있다고 생각하지 말라고!"

조금 전에는 '나한테서 1점이라도 딸 수 있을까?(히죽히죽)'이라고 했으면서.

"점점 기준이 낮아지고 있지 않아?"

"시끄러워!"

간이 시합이라 다음 서브권은 쿠사카베 군한테 넘어갔다. 이번에는 최선을 다하려는 것인지 공을 몇 번인가 바닥에 튕기며 집중력을 끌어올리고 있었다.

나는 리시브 위치에 섰다.

어떻게든 저쪽으로 넘길 수 있으면 좋을 텐데.

"자자, 내야수 집중~!"

"아카리, 그건 야구잖아."

어느샌가 하루가 코트 옆까지 와있었다. 시합을 안 하는 다른 애들도 이 시합이 궁금한지 근처에 모여들었다.

……타카우지 양은, 한발 늦었는지 애들 뒤쪽에서 까치발을 하고 있었다.

"——하압!"

기합을 지르며 쿠사카베 군이 서브를 때렸다.

어 빠른데?!

어떻게든 팔을 내밀어 라켓으로 공을 받아냈다. 하지만 힘이 실리지 않아 공이 둥실 떠올랐다.

"죽어, 임마!"

폭언과 함께 스매시를 꽂는 바람에 순식간에 실점했다.

쿠사카베 군은 살기등등한 눈으로 이쪽을 한 번 노려보더니 리시브 위치에 섰다.

"쿠사카베 쟨 체육 수업에서 왜 저렇게 열 내는 거야?"

"진짜 별로다아."

"의욕이 넘칠 수는 있다 쳐도 죽으라고 하는 건 좀 그렇지 않아?"

하면 할수록 성격이 나쁘다는 게 티가 나는지, 쿠사카베 군에 관한 안 좋은 이미지가 계속해서 확산되었다.

"아카리 군, 라이징 스타를 써!"

나토리 양이 소리쳤다. 모두가 '뭐야, 그게'라고 하며 나와 나토리 양을 번갈아 보았다.

쓰기는 할 거지만 그 이름은 덮어두면 안 될까. 창피하니까.

서브권이 넘어와 내 차례다.

방금 본 걸 따라서 공을 통통 튕겨 보인 후, 호흡을 가다듬는다. 경기를 주시하고 있어서인지 주변이 잠잠해졌다.

공을 토스해 위에서 라켓을 내려친다. 조금 전처럼【라이징 스타】가 발동하여 공이 번개를 둘렀다.

"같은 수법이 몇 번이나 통할 것 같냐?!"

그걸 쿠사카베 군이 받아쳤다.

기본만 배운 나는 돌아온 공을 저쪽 코트로 넘기는 게 고작이다.

그러다 보니 딱 치기 좋게 공이 떠올랐고──.

"죽어, 자식아!"

또다시 폭언과 함께 스매시가 날아들어 실점했다.

동점이 되기는 했지만 잘한 편일 거다. 아주 꼴사나운 모습을 보이진 않은 데다 이대로 계속 점수를 잃는다 해도 2점은 땄다. 충분하다.

타카우지 양과 눈이 마주쳤다.

목소리는 안 들려도 주먹을 움직이며 응원하고 있는 게 보였다.

포기할까 했는데, 내 나름의 전술로 끝까지 싸워볼까.

스테이터스에 뭐 좀 없으려나.

──────────

· 쿠사카베 유우키(日下部裕樹)

· 성장 : 정체

· 특징 / 특기

테니스부 차기 에이스

정크푸드 좋아함

성질이 급함

입이 험함

아줌마 좋아함

──────────

어라어라어라? 어허, 이것 봐라? 터무니없는 걸 하나 찾아버렸네.

후욱~ 후욱~ 쿠사카베 군이 흥분한 듯 숨을 내쉬며 다시 서브를 때리기 위해 집중력을 고조시키고 있다.

"쿠사카베 군, 이상할 정도로 타카우지 양에 관한 일로 걸고넘어지는데, 이유가 뭐야?"

"뭐? 타카우지 양 같은 여자애가 선배랑 헤어지더니 너처럼 평범한 놈이랑 친해진 게 마음에 안 들어서 그런다, 왜?"

그렇게 말하면 모순되는 것 같은데 말이지.

"쿠사카베 군은 또래가 아니라 연상인, 한~참 연상인 아줌마를 좋아하지 않아?"

"…………."

통통, 튕기던 공의 움직임이 딱 멈췄다.

"쿠사카베 군의 스트라이크 존은 40대부터일 텐——."

"주둥이 나불거리지 마! 닥쳐!"

동요했다는 게 또렷하게 느껴졌다.

"나 참, 망할 평범한 놈이, 아무 말이나 지껄이지 말라고!"

집중력이 흐트러졌는지 두 번의 서브가 모두 네트에 걸려 내가 득점했다.

"왜 타카우지 양에 관한 일로 걸고넘어지는 거야?"

"타카우지 양은 둘째 치고 너 같이 빌어먹게 평범한 놈이 귀여운 여자애랑 친하게 지내면서 실실대는 게 짜증 나니까! 세가와랑도 그렇고!"

어이없기 그지없다. 요컨대 타카우지 양이랑은 상관없이 내가 마음에 안 드는 것뿐이잖아.

"……쿠사카베, 너 진짜 아줌마가 취향이냐?"

"40대 이상이면……."

"우리 엄마들도 스트라이크 존이라는 뜻이잖아……."

상상도 하기 싫은지 다들 식겁하고 있었다.

"키미시마, 네가 이상한 소릴 한 바람에 다들 오해하잖아!"

"사실이잖아."

멘탈이 무너진 지금이 기회다.

"엄마미(美)가 느껴지는 게 좋은 거지?"

"누가 그런 소릴 했다고 그래!"

서브를 때리자 좀 전보다는 약한 리시브가 돌아왔다. 이 정도는 허용 범위다.

【라이징 스타】가 발동하여 코트 깊숙한 곳에 공이 들어가 다시 점수를 땄다.

"크아~ 젠장! 라켓이 나빠서 그래. 이딴 걸로 어떻게 치란 거야."

쿠사카베가 라켓을 내동댕이치자 마총이 주의를 줬다.

"쿠사카베~. 도구 아껴 써라."

칫, 혀를 차더니 라켓을 다른 사람과 교환했다.

"도구에 화풀이하질 않나, 도구 탓을 하질 않나, 진짜 실망이다~."

하루가 비난했지만 아무도 이의를 제기하지 않고 응응, 하고 고개를 끄덕였다.

그 후, 멘탈이 무너진 데다 관중들도 완전히 등을 돌린 듯한 분위기가 돌자 쿠사카베 군은 내게서 점수를 하나도 따지 못해 7대2로 시합이 끝났다.

"아카리! 제법이네!"

"아카리 군! 라이징 스타를 가르쳐준 보람이 있었어!"

하루와 나토리 양이 칭찬해 주었다.

타카우지 양은 눈을 빛내며 박수를 치고 있었다. 그 보기 드문 표정을 보니 무심결에 미소가 지어졌다.

네트를 사이에 끼고 쿠사카베 군과 인사를 했다.

"감삼니다."

"감삼니다. ……키미시마, 부탁이니까 거짓말이었다고 해 줘. 애들한테. 아까 그건 거짓말이었다고."

"뭐가?"

"아줌마 이야기."

"수업 참관일이 너무 기대된다고?"

"아니야! 그런 소린 안 했잖아!"

【각색가】의 효력인지 아무렇지도 않게 사실을 과장한 말이 튀어나왔다.

"진짜 잘못했어. 정말이야. 더는 안 걸고넘어질게."

두 손을 모아 비는 걸 보니 슬슬 불쌍해지기 시작했다.

"알았어. 그러면 '그건 내가 적당히 지어낸 말'이었다고 애들한테 나중에 슬쩍 말해둘게."

"확실하게 말해줘. 왜 슬쩍 말해두겠다는 건데."

살짝 떡밥을 깔았더니 제대로 된 딴죽이 돌아왔다.

부탁받은 대로 나는 쿠사카베 군이 아줌마를 좋아한다고 말했던 건 동요시키기 위한 작전이었다고 정정해 두었다.

그 후, 앉아서 쉬고 있자 지나가던 같은 반 친구들이 말을 걸어왔다.

"쿠사카베를 이기다니, 끝내준다." "테니스 잘하더라!" "나도 저 자식 싫었거든. 속이 다 시원했어."

등등의 말이었다.

어느샌가 하루가 나토리 양과 시합하고 있었다. 그걸 바라보고 있자 타카우지 양이 다가왔다.

올려다보니 바람에 날리려 하는 머리카락을 억누르고 있었다.

"라디오 오타쿠는 다들 운동치에 아싸인 줄 알았어."

"그리 틀린 말도 아닐걸?"

나는 쓴웃음을 지었다.

타카우지 양이 옆자리에 무릎을 끌어안고 앉았다. 마음을 허락한 고양이처럼 옆에 가만히 앉아 있었다.

"테니스 잘하더라."

"우연히 잘 풀린 것뿐이야."

"겸손하네."

타카우지 양이 조용히 쿡, 하고 웃었다. 이거 오늘 체육 수업으로 상당히 호감도가 오르지 않았을까?!

서 있을 땐 잘 보이지 않았던 허벅지가 드러나는 바람에 자꾸만 빤히 쳐다볼 것 같아서 나는 인력(引力)이 작용하는 듯한 허벅지로부터 의식적으로 눈을 돌렸다.

그러다 보니 수업은 끝났다.

정리를 마치고 테니스 코트에서 탈의실을 향해 걸어가던 중, 안경을 쓴 마른 체구의 남자 선생님이 이쪽으로 다가왔다.

"오쿠보 선생님, 안녕하세요~."

나토리 양이 인사했다.

아아, 저분이 고문인 오쿠보 선생님이구나. 선생님은 나토리 양과 뭔가 이야기하더니 내 쪽을 흘끔 쳐다봤다.

"네가 아까 쿠사카베랑 시합했던 애니?"

"네. 맞아요. 키미시마입니다."

"우연히 좀 전의 시합을 봤는데 키미시마 군, 대단하더라. 쿠사카베를 이기다니."

"아뇨…… 진짜 우연히 이긴 거예요."

"그렇지 않아. 테니스는 우연히 이기는 경우가 적은 스

93

포츠니까."

어느샌가 타카우지 양이 옆으로 다가와서는 의아하다는 눈으로 나와 오쿠보 선생님을 번갈아 쳐다보았다. 접점이 없는 선생님이 말을 거는 일은 흔치 않으니 그런 반응을 보일 만도 했다.

"키미시마 군, 동아리 활동은 하니?"

"아뇨. 아무것도요."

"테니스부에 들어오지 않을래?"

"어⋯⋯."

내가 반응을 하기도 전에 타카우지 양이 걱정스러운 듯이 신음을 냈다.

"나토리도 네게 재능이 있다고 하더구나. 부디 들어와 줬으면 한다."

듣자니 오쿠보 선생님이 남녀 테니스부의 연습을 봐주고 직접 지도까지 하고 있다는 모양이다.

"그게, 죄송합니다. 반장 업무 같은 게 있어서요."

"그렇구나. 아까워라. 하고 싶어지면 언제든 와라. 환영할게."

오쿠보 선생님은 그런 말을 남기고 교무실 쪽으로 떠나갔다.

"키미시마 군, 왜 안 하겠다고 한 거야?"

"그건⋯⋯."

조금 망설여졌지만, 과감하게 말해보기로 했다.

"타카우지 양하고 있을 시간이 줄잖아. 방과 후에 반장 업무를 할 시간이라든지, 귀가 시간이라든지."

좋아하는 여자애가 나와 함께 돌아가는 걸 기대하고 있다는데, 딱히 하고 싶지도 않은 동아리 활동을 할 때가 아니잖아.

"으…… 그래……."

뭔가 충격을 받은 듯이 타카우지 양의 눈이 동그래졌다. 기다란 속눈썹을 연신 움직여 눈을 깜박거리고 있다.

"타카우지 양은 의외로 외로움쟁이인 것 같으니까. 아, 아니, 이상한 뜻이 아니라——."

얼버무리려 했는데 그 전에 타카우지 양이 내 말을 가로막았다.

"바, 반장 업무를 소홀히 하지 않는 건, 아, 아주 바람직한 일이라고 봐."

발치를 본 채, 뺨이 발그레해져서 나직하게 그 말을 되풀이했다.

"아, 아주 바람직해."

"아, 응."

"나는, 딱히, 혼자서도 집에 가도 되지만…… 그게……."

다음 말을 기다리고 있자, 타카우지 양은 내 가슴을 탁, 하고 떠밀었다.

"어째서?!"

예상치 못한 반응에 당황하고 있자 타카우지 양은 쌔앵~ 하고 뛰어서 도망치고 말았다.

오늘도 발이 빠르네에.

그나저나 내가 뭔가 실수했나⋯⋯?

테니스도 잘했고, 꽤 점수를 땄을 텐데.

내가 멋대로 '스포츠를 잘하는 편이 호감을 사기 쉬울 거다'라고 생각했을 뿐, 타카우지 양은 그런 걸 별로 안 좋아하는 걸까⋯⋯?

혼란스러워하던 중, 하루가 뒤에서 따라왔다.

"저기, 하루. 오늘 거, 역효과였을까?"

"뭐가?"

"테니스, 꽤 잘했잖아. 나."

"아카리치고는 나쁘지 않았다고 봐."

"하루가 그렇다면 보통은 괜찮게 생각할 거라는 뜻이잖아."

찰싹, 하루가 내 어깨를 두드렸다.

"나한테도 멋진 모습을 보여주고 싶었던 거야~? 아카리치고는 애썼네."

아카리치고는 말이야, 아카리치고는. 하루는 수줍은 듯이 웃으며 말했다.

하루는 이래 봬도 상식적이고 감각도 내가 생각하는 여

고생의 이미지에 가깝다. 그에 비해 타카우지 양은 어떨까. 역효과를 낸 게 아니었으면 좋겠는데.

하루가 탈의실에 들어가자, 로커 앞에서 사아야가 체육복을 벗으려는 자세로 멈춰 있었다.

머리가 체육복 안에 들어가 있고, 긴 머리카락이 옷의 목 부분을 통해 밖으로 흘러나와 있어서 꼭 말미잘처럼 보였다.

다른 애들은 그게 누구인지 모르는지 키득키득 웃거나 기이한 것을 보는 눈으로 바라볼 뿐이었다.

"사야 짱, 뭐 해?"

움찔, 말미잘이 반응했다.

"……아, 아무것도 아니야. 잠깐 이대로 있게 해 줘."

"미소녀가 할 짓이 아니거든, 그거? 그런 건 개그 담당한테 맡겨두라고."

"미, 미소녀 아니야……. 누가 미소녀라는 거야, 누가."

"그건 누가 비난했을 때나 보일 반응 아니야?"

"재미있다는 건 멋진 거라고."

"뭐야, 그 가치관은?"

하루는 뚱한 눈으로 쳐다보았다. 쉽게 단정하는 것도 그렇고, 편향된 관점을 가진 것도 그렇고 아카리와 비슷했다.

고지식하고 성실한 미소녀 반장이 이런 꼴을 하고 있다고 생각하니 조금 친근감이 들었다. 하루는 살짝 웃으며 말미잘을 찰싹찰싹 때렸다.

"사야 짱, 근데 지금 하는 그거, 재미있다기보다는 이상하거든?"

"…………."

꼬물, 그제야 몸을 움직이기에 하루는 체육복을 벗는 걸 도와주었다. 살이 하얀 탓인지 목 위쪽이 빨갛게 물들어 있다는 걸 바로 알 수 있었다.

"얼굴이 새빨간데?! 열 있어? 보건실 갈래?"

"아냐. 괜찮아."

태연한 척을 하고 있지만 얼굴은 여전히 빨갰다.

하루는 아카리가 뭔가를 걱정하고 있던 것이 떠올랐다.

"아카리가 무슨 짓 했어? 나한테 말해주면 얼마든지 한소리 해줄게."

"윽."

기관차처럼 연기를 내뿜을 기세로 사아야의 얼굴이 확 달아올랐다. 그 때문인지 하루의 눈에는 수증기 같은 게 피어오르는 것처럼 보였다.

"아~ 그런 거였어?"

무슨 일이 있었다는 것만은 알겠다.

하지만 그건 아카리가 걱정한 것처럼 역효과를 낸 게 아니라, 기대보다 엄청난 효과를 거둔 듯했다.

"흐음, 대성공이었던 모양이네."

또다시 수증기 같은 걸 푸슉푸슉 내뿜는 사아야를, 좀 전의 말미잘 상태로 되돌려 주었다.

5 도박사의 샤프

데로레롱, 전자음이 울리고 자동문이 열리자, 손님이 가게에서 나갔다.

"감삼니다~."

내가 이 편의점에서 아르바이트한 지도 슬슬 한 달이 되어가고 있었다.

카운터 안쪽에서는 후미 선배가 발판에 올라가서 계산대 정리를 하고 있다.

나는 하아, 하고 들키지 않도록 한숨을 내쉬었다.

오늘은 '만다리온 심야론'의 방송일이었다. 개그 메일의 마감은 당일 저녁이다. 몇 통 보내기는 했지만, 자신이 없었다.

채택되지 않았을 때를 위해 다음 주 분량도 만들어 두고 싶었지만, 도통 좋은 생각이 나지 않았다.

참고로 중간고사도 다가오고 있다.

내 성적은 간신히 평균점이 될까 말까 한 수준이다.

재수 없으면 낙제점을 받을 수도 있다. 낙제점을 받은 사람은 보충수업을 받아야 해서 며칠 동안 방과 후 시간을 몰수당한다.

큰맘 먹고 '타카우지 양하고 함께 있을 시간이 줄어드니까'라는 소리를 해놓고 낙제점 받아서 보충 수업인데요~

라고 하게 된다면 망신도 그런 망신이 없을 거다.

【학년 제일의 두뇌파】 항목이 있는 타카우지 양의 성적은 말할 필요도 없다. 반장이 낙제점을 받아 보충수업을 받는 건 있을 수 없는 일이라고 생각하지 않을까.

"나한테 공부를 가르쳐주면 좋겠는데……."

"중간고사 말인가요?"

내 혼잣말을 들은 것인지 후미 선배가 물었다.

"네. 저는 매번 점수가 미묘해서, 보충수업을 받을 가능성이 꽤 크거든요……."

"그, 그건 안 돼요!"

후미 선배는 입술을 'ㅅ'으로 만든 채 간절한 얼굴로 말했다.

"후배 군이 안 올 거라니……."

"아, 상황에 따라서는 알바를 쉬어야 할 수도 있겠네요."

그럴 경우, 누군가에게 연락해서 미리 자신의 대타를 준비하는 게 이 가게의 규칙이다.

서로 돕고 살자는 의미에서 무슨 일이 생겼을 때를 대비해 다른 선배들 몇 명과도 연락처를 교환했었다.

"후배 군이 없으면, 알바가 재미없어요……."

"후미 선배……."

후미 선배가 어깨를 축 늘어뜨렸다. 초등학생에게 상처를 준 것 같아서 가슴이 아프다.

그리고 나를 그렇게나 아끼고 있었다니, 후배로서 감동스러울 따름이다.

"저랑 같은 시간에 일하는 걸 그렇게 기대하고 계셨어요?"

"후배 군이 없으면, 제가 선배가 아니게 돼요……."

"……."

내가 첫 후배라고 했으니 내가 없으면 자신이 제일 아래가 된다.

다른 선배들에게 방약무인한 태도를 취할 수는 없으니 내가 있었으면 한다는 뜻 같다.

"후배는 샌드백이 아니라고요, 후미 선배."

"네?"

아닌가요? 라고 묻는 듯한 표정 짓지 마.

나는 공부도 해야 하고 개그 메일의 내용도 생각해야 한다고. 체육계열의 화신 같은 꼬꼬마 선배를 상대할 때가 아니야, 이거야.

"참고로 후미 선배는 머리가 좋나요?"

"10등 안에는 들어요."

와, 머리 좋네.

"후미 선배, 부탁이 있는데, 좋은 게 좋은 거니 저한테 공부 좀 가르쳐주실래요?"

후미 선배가 곧장 듬직한 표정을 짓더니 엄지손가락으로 자신을 가리키며 말했다.

"맡겨만 주세요."

만족스러운 듯한 표정으로 보아, 자신을 의지한 게 기쁜 모양이다.

다음 날 방과 후.

일찌감치 집으로 돌아온 나는 스터디 모임 준비를 진행했다. 내 방에서 하기에는 좁으니, 거실에서 하기로 했다.

후미 선배가 내 공부를 봐주기로 한 게 어제의 일이다.

하루에게 그렇게 말했더니 "아～ 나도 쬐그만 선배랑 공부하고 싶어～"라고 해서 동료가 한 명 늘었고, 그 말을 들은 나토리 양도 "나도 살짝 불안한데, 가도 돼?"라면서 스터디 모임에 참가하기로 했다.

그리고 자신도 불러줬으면 한다는 듯이 타카우지 양이 이쪽을 빤～히 쳐다보고 있었다. 【외로움쟁이】를 혼자 내버려 둘 수는 없지.

"타카우지 양도 우리랑 같이 공부할래?"

"뭐, 같은 반장이 초대하겠다는데 함부로 거절할 수는 없지."

빙빙 돌려서 말하기는 했지만 아무래도 OK인 모양이다.

……그런고로 이제 곧 네 명의 여자가 우리 집에 올 거다.

정리를 마치고 얼마쯤 지나자 초인종이 쉴 새 없이 울

렸다.

저러는 걸 보니 분명 하루일 거다.

소리로 미루어 집으로 들어온 모양이다. 여기 있을 거라고 예상했는지 하루가 사람들을 거실로 데려왔다.

"들어와, 들어와. 뭐, 집이 좀 좁기는 하지만 편히들 있어~."

"그건 여기 사는 녀석이 할 말일 텐데."

하루에게 따끔하게 한마디를 했다.

"의외로 학교에서 가깝네요~?"라고 말한 사복 차림의 후미 선배는 거의 초등학생처럼 보였다.

"가까워서 고른 학교거든요. 후미 선배, 오늘 잘 부탁드립니다."

"네에~. 열심히 해보자고요!"

역시 후배가 의지해준 게 기쁜지 방긋방긋, 미소가 가시질 않았다.

"어떤가요, 사복 차림의 저는?"

후미 선배는 빙글 돌아 보였다.

키도 그렇지만 후미 선배는 얼굴이 너무 동안이란 말이지.

"……후미 선배, 인기 많겠네요."

남자 초등학생한테.

"나 참~ 툭하면 꼬시려 드는 버릇 좀 고치라니까요, 후배 군~!"

슉, 하고 날아드는 주먹을 나는 팔을 교차시켜서 방어했다.

"음? 제법이네요."

"적응됐으니까요."

툭하면 덤벼드는 사나운 치와와가 눈앞에 있다고 생각하면 방어할 준비 정도는 할 수 있다.

"아카리 군, 실례할게."

하루의 뒤에서 나토리 양이 고개를 내밀었다. 나토리 양도 사복 차림이었는데, 파카에 쇼트 팬츠를 입었다. 가방을 비스듬하게 맨 탓에 벨트가 가슴에 파고들어 윤곽이 희미하게 떠올랐다.

나토리 양답다는 생각이 드는 사복이었다.

아무래도 후미 선배랑 나토리 양은 일단 집에 다녀온 모양이다.

"남자 집에 들어오는 건 초등학교 이후 처음이라 살짝 긴장돼."

에헤헤, 하고 웃는 나토리 양을 향해 하루가 말했다.

"소파 같은 데 누워도 괜찮아."

"그건 여기 사는 녀석이 할 말이라니까."

우리 집에 제일 자주 놀러 온 녀석이니 티를 내고 싶은 마음도 이해는 하지만.

"어라. 타카우지 양은?"

"사야 쨩도 일단 집에 갔다가 올 거래."

그렇다면 타카우지 양도 사복 차림이겠군.

미리 준비한 방석에 각자 앉아서 낮은 테이블에 공부 도구를 펼쳐놓았다.

선생님이 말한 시험 범위에 맞춰서 문제집을 풀기 시작한다.

"있잖아, 쬐선배."

"왜 그래요, 갸루쨩?"

하루가 후미 선배를 부르더니 곧장 뭔가를 배우고 있었다.

쬐선배……? 아아, 쬐그만 선배를 줄인 거구나.

겉모습만 보면 제일 먼저 딴짓할 것 같은 하루가 의외로 진지하게 공부하는 모습에 영향을 받아, 나와 나토리 양도 문제집과 마주했다.

콕콕, 무릎에 뭔가가 닿았다. 탄탄한 근육이 특징적인 그 발은 나토리 양의 것이었다.

"아카리 군, 여기 알겠어?"

같은 부분을 보고 있던 나는 쓴웃음을 지은 채 고개를 가로저었다.

"전혀."

"그치? 이거 어렵더라고."

나토리 양은 나와 성적이 거의 비슷한지. 막히는 부분이 같았다.

"후배군. 테니스짱. 모르는 부분이 있으면 선배인 저한테 물어보세요. 아주~ 시시한 질문이라도 화 안 낼게요. 되도록."

되도록이라니. 또렷하게 화내지 않겠다고 선언해달라고. 물어보기 겁나잖아.

『곧 도착할 거야.』

타카우지 양이 메시지를 보냈다. 주소는 하루에게 들어서 헤매지 않고 올 수 있을 것 같다고 한다.

……타카우지 양이 곧 온다. 심지어 사복 차림으로. 긴장되기 시작했다.

초조한 마음에 샤프 끝으로 문제집을 두드렸다.

초인종 소리를 듣고 벌떡 일어난 나는 곧장 현관으로 달려갔다.

"지금 열게!"

기대감과 긴장감에 사로잡혀 문을 열어보니, 예상대로 타카우지 양이 있었다.

"늦어서 미안해."

"아냐. 괜찮아. 기다렸어."

"그, 그, 그래……?"

스윽, 시선을 피했다.

타카우지 양은 흰색 옷감에 꽃무늬가 들어간 원피스를 입고 있었다. 배 부분에 벨트가 있어서인지 허리가 평소보다 높은 곳에 있는 것처럼 보였다. 공부할 게 들어있는지 무거워 보이는 가방을 메고 있었다.

"짐 들어줄게."

"아냐. 괜찮아."

"저기 거실에서 하고 있었어."

"응."

그때, 타카우지 양이 신발을 벗으려다가 균형을 잃었다.

"아, 위험——."

손을 뻗어 부축하려다가 나는 엉겁결에 그녀의 팔뚝을 잡고 말았다.

"미안해. 고마워."

"아냐. 안 넘어져서 다행이야."

가녀린 타카우지 양의 팔뚝은 말랑하고 부드러웠다.

——그 옛날, 위대하신 분께서는 말씀하셨습니다.

'팔뚝과 그 사람의 가슴은 같은 감촉이니라'라고.

이, 이게……?! 타카우지 양의……?!

"키미시마 군?"

"네?! 아니, 그게…… 팔뚝! 엄청, 좋다!"

"그래……? 놔줬으면 하는데."

팔뚝이 좋다는 건 또 뭔 소리야. 진짜 징그럽다, 나.

"아, 미, 미안, 죄송합니다, 사고라고는 해도 손을 대서! 그리고 기분 나쁜 소릴 해서."

"사과하지 않아도 돼. 이쪽이 도움을 받았는걸."

나는 완전히 가슴이라도 만진 사람처럼 반응했다.

"사야 짱 어서와. 아니, 아카리네 집에 오는데 왜 그렇게 기합을 넣었어. 옷이 너무 진심이잖아."

"그런 거 아냐."

기합, 넣어준 거야? 교복 차림으로 와도 상관없었던 이 스터디 모임에?

"쬐선이 모르는 부분 있으면 가르쳐주겠대."

쬐선배를 한 번 더 줄여서 쬐선이 되었다.

"그래. 그렇다니 안심이 되네."

쬐선이라는 말만 듣고 누군지 이해한 모양이다. 이해력이 너무 좋잖아.

우리 집에 들어선 타카우지 양과 교대라도 하듯, 하루가 뒷부분이 구겨진 자기 로퍼에 발을 집어넣었다.

"나도 갈아입고 와야지~."

"왜?"

"나만 교복 차림이라 겉돌잖아."

고개를 갸웃하는 나에게는 그렇게만 설명한 후, 하루는 "다녀올게"라면서 나가버렸다.

"키미시마 군, 어제 방송 말인데."

"응, 안 됐더라."

혹시 모른다고 기대하며 기다려 봤지만, 내 메일이 채택되는 일은 없었다.

"타이밍과 운도 중요하니까 너무 신경 쓰지 마."

타카우지 양이 그렇게 격려했다.

"두 번이나 더 남았으니, 너무 초조해하지 않아도 될 거야, 분명."

"응."

거실로 돌아와 보니 진지하게 공부 중인 나토리 양옆에는 후미 선배가 붙어있었고, 마침 비어 있던 내 옆자리에는 타카우지 양이 앉게 되었다.

생각보다 훨씬 타카우지 양과의 거리가 가깝다. 팔꿈치를 움직이면 부딪칠 정도였다.

사복 차림이라서 그런지. 교복에서 나는 것과 다른 화사한 섬유유연제 냄새가 난다.

타카우지 양은 걸리적거리는 머리카락을 귀에 걸고 진지한 얼굴로 교과서와 노트를 다시 들여다보았다.

내 시선을 느낀 건지 눈이 마주칠 것 같기에 나는 다시 문제집으로 시선을 돌렸다.

노트 끄트머리에 타카우지 양이 뭐라고 사각사각 적었다.

『불러줘서 고마워..』

장소가 우리 집이라 불편해하지 않을까, 머니까 그냥 가

111

지 말자고 생각하지는 않을까 걱정이었는데 괜한 걱정이었던 모양이다.

나는 눈을 마주 보고 고개를 가로저었다.

타카우지 양이 빙긋 미소 지었다.

좋아하는 애가 옆에 있는데 공부에 집중이 될 리가 없다.

반듯하게 뻗은 목줄기와 목 아래로 보이는 예쁜 쇄골. 거기서 시선을 더 내려보니, 아래를 보고 있어서인지 옷과 몸 사이에 약간 틈새가 생겨서 브래지어가 슬쩍 보이고 말았다.

"흐읍……."

【고집중력】 때문인지 타카우지 양은 전혀 알아채지 못했다.

하루였다면 금방 뭐라고 했을 텐데……. 모, 못 본 걸로 하자.

동요한 걸 감추려고 펜 돌리기를 하던 도중, 샤프가 망가지고 말았다.

"억."

"나 참~ 못 말리겠네요, 후배 군은."

아무 말도 안 했는데 후미 선배가 필통에서 샤프 하나를 꺼냈다.

"이걸 빌려줄게요."

"고맙습니다. 근데 방에 예비가 있으니까——."

거절하려다가 문득 그 샤프를 보니, 스테이터스가 있었다.

【도박사의 샤프】

뭐, 뭔가 굉장할 것 같아⋯⋯!

스테이터스가 있는 물건을 발견한 건 처음이다!

방에 있는 다른 샤프를 가지러 가려던 나는 도로 방석에 앉아 후미 선배의 샤프를 건네받았다.

시험 삼아 선택 문제를 풀어볼까. 선택지는 A~D까지 네 가지다. 샤프를 문제집 위에 놓고 놀리자, A와 D에서 자석이라도 있는 것처럼 잡아당기는 힘 같은 게 느껴졌다.

이 【도박사의 샤프】는, 설마 어느 정도 선택지를 좁혀주는 샤프인 건가?

소거법으로 A를 골라 답을 찍어보니 정답이었다.

다음 문제에서도, 그다음 문제에서도 【도박사의 샤프】는 여러 개의 선택지를 두 개까지 줄여주었다. 확률은 반반이지만 한쪽만 오답이라는 걸 알면 필연적으로 정답을 고를 수 있다.

"어, 엄청난 아이템이잖아⋯⋯."

후미 선배는 모르고 쓰고 있었겠지. 이 샤프의 은혜 덕분에 학년 10등이라는 성적을 거둔 게 아닐까.

"아카리 군, 잘하는 교과가 뭐야?"

먼저 공부를 일단락한 나토리 양이 물었다.

"나는, 현대 국어? 잘한다기보다는 그나마 나은 거지만."

"그렇구나~. 나도 그래. 우리 닮은꼴이네."

"나토리 양은 노력가잖아. 열심히 하면 분명 괜찮을 거야."

"와~ 정말? 아카리 군한테 격려받았네."

에헤헤, 나토리 양이 웃자 옆에서 뚜욱, 하고 샤프심이 부러지는 소리가 들렸다.

"어째서 나토리 양은 키미시마 군을 이름으로 부르는 거야?"

타카우지 양은 노트를 본 채 무표정하게 물었다.

불경을 읊듯 억양 없이 말해서 묘하게 무서웠다.

"친하니까?"

나토리 양이 고개를 갸웃했다. 찰칵찰칵, 타카우지 양이 샤프의 노브 부분을 눌렀다.

"이상해."

"뭐가?"

"왜냐하면, 나도 아직 이름으로 부른 적이 없으니까."

"……? 타카우지 양하고 속도를 맞출 필요는 없지 않아?"

"그, 그건 그렇지만…… 나는, 키미시마 군하고 라디오 친구고, 그게, 아주 친해."

타카우지 양은 '취미 친구로 친하게 지내는 자신은 성으로 부르고 있다. 그런데 그렇게까지 친하지 않은 네가 이름으로 부르는 건 이상하지 않아?'라는 말을 하고 싶은 모양이었다.

타카우지 양의 입에서 친한 사이라는 말이 나오자, 매우 기뻤다.

"그럼 나도 그거 들을래!"

"아, 안 들어도 돼! 머, 멋대로 흙발로 들어오지 말아줘."

"흙발이라니, 너무해~. 타카우지 양 것도 아니잖아~."

악의라고는 전혀 없는 인싸가 아싸들만의 공간에 끼어 들려는 듯이 보이는 광경이었다.

"폭풍이 몰아칠 것 같네요. 밖에서 붙게 할까요?"

그러지 마요. 꼬꼬마 선배는 그대로 앉아 계시라고요.

그러던 그때 덜컥, 이라는 소리와 함께 거실문이 열렸다.

"이것 좀 봐~라~."

사복 차림의 하루가 신이 나서 빙글, 돌아 보였다. 하얀 어깨가 드러난 니트 소재의 오프 숄더 원피스를 입었는데, 그 치마 길이가 무진장 짧았고 발에는 니삭스를 신었다.

이 갸루는 왜 이렇게 에로하게 입고 온 거야.

"이거 지난주에 산 건데, 진짜 좋아. 쩔어~. 다른 것도 가져왔는데…………."

하루가 그제야 방 안의 분위기가 이상하다는 걸 알아챘다.

"왜 그래? 무슨 일 있었어?"

"……일단 그 다른 옷을 보여줘 봐."

왜 패션쇼를 하려고 하냐는 생각이 들었지만, 지금은 그

태평함이 고마웠다.

하루가 소곤소곤 말했다.

"아니아니. 그럴 분위기가 아니잖아. 이상하잖아. 사야 짱이랑 히로 짱, 완전 무반응이었잖아."

나는 시계를 쳐다보았다.

"너무 늦으면 안 되니까 슬슬 끝내도록 할까?"

집에 따라서는 저녁 식사를 할 시간이 되어 있었다.

"난 공부 별로 안 했는데~?"

"패션쇼나 할 생각이었던 녀석이 그래봐야 설득력이 없거든?"

입술을 삐죽거리는 하루를 달래자 돌아갈 준비를 마친 후미 선배, 나토리 양과 함께 하루도 집을 나섰다.

타카우지 양은 돌아갈 준비를 마쳤을까~? 하고 거실을 들여다보니 무릎을 끌어안은 채 풀이 죽어 있었다.

"텃세 부리는 고참 청취자처럼 굴고 말았어……."

그 점은 부정 못 하겠다.

"……응. 너무 신경 쓰지 마."

고참이 신참에게 텃세를 부리는 건 어딜 가나 마찬가지일 거다.

몰래 즐기고 있었기에 나와 타카우지 양은 친해진 거라 생각한다. 그사이에 다른 누군가가 끼어들려 하니 저항감이 들었던 것이리라.

어느샌가 밖이 어두워져 있기에 나는 타카우지 양을 역까지 배웅하기로 했다.

"구성 작가 일을 하는 오빠 말로는……."

중간에 타카우지 양은 제작 측에 관한 이런저런 이야기를 들려주었다.

"키미시마 군이 보낸 메일이 채택되면 좋겠어."

"그 말은, 나랑……."

친하게 지내고 싶다는 뜻이냐고 확인하려던 순간, 타카우지 양의 스마트폰이 울렸다.

"……오빠야. ──여보세요. 응, 지금 집에 가고 있어."

"공부하고 있었다고 말해줘."

조용히 말했는데 그걸 들었는지 타카우지 양이 스마트폰에서 얼굴을 떼었다.

『야! 왜 네가 같이 있는 건데! 허락한 적 없다!』

"우연히 같이 공부하게 된 거예요. 다른 사람들이랑 같이."

지금은 없지만.

『……그렇다면 뭐, 허락하지.』

귀찮은 오라버니네.

『통금 시간 다 되어가니 똑바로 사이야 돌려보내라, 임마!』

"네엡~."

통금 시간이 있었구나.

"있으나 마나야. 오빠가 집에 있을 때는 지키고 있지만, 일 때문에 없을 때는——."

『사아야, 다 들린다!』

보이지 않아서인지 타카우지 양은 장난꾸러기 어린애처럼 어깨를 으쓱했다.

『어제 게 채택 안 됐으니 두 번 남았다.』

"그러네요."

『다른 방송에도 있으니 개그 코너는 있으니 어디든 상관없다.』

조건을 완화는 고맙지만, 채택될 리 없다고 생각하는 속내가 훤히 보였다.

『채택됐으면 좋겠군.』

비아냥거리는 말투에 내가 울컥하자, 타카우지 양은 통화 종료 버튼을 눌러서 대화를 강제로 종료시켰다.

"미안해. 오빠가 바보라서. 그 사람한테 '재미'라는 건 절대적인 가치관이라, 타협할 수가 없나 봐."

재능 있었던 전직 개그맨의 긍지 같은 것인 모양이다.

"두 번이나 남았어. 마음을 편히 가지면 아이디어가 더 잘 떠오를지도 몰라."

그런 이야기를 들으며 역으로 가는 밤길을 걷는다. 이렇게 있으면 커플처럼 보일까.

그럼 좋겠다~ 라는 태평한 생각을 하던 중에 톡, 하고 손과 손이 부딪혔다.

"윽."

"아, 미안."

타카우지 양도 나만큼이나 동요한 모양인지.

움찔, 하고 순간적으로 목을 움츠리더니 타카우지 양은 거둬들인 손을 가슴 앞에서 움켜쥐었다.

"나야말로…… 미안해."

타카우지 양은 새침한 얼굴로 똑바로 앞을 바라보았다. 어둑한 가운데서도 그 옆얼굴이 조금 붉다는 걸 알 수 있었다.

"……옷, 이상하지 않았어?"

"어? 잘 어울렸어."

"그래."

그녀는 별로 신경 안 쓰인다는 듯이 반응했지만, 입가가 미미하게 풀어져 있었다.

느릿하게 걷는 타카우지 양에게 보폭을 맞추다 보니 역에 도착하는 데 평소보다 시간이 더 걸렸다.

"채택되기를 기대하고 있을게."

"글쎄…… 자신은 없어서."

"별것 아니라도, 앞뒤의 문맥 때문에 재미있어지거나 진행자가 잘 요리하는 경우도 있어."

"'우지차' 님이 그렇다고 하니, 조금 자신감이 생기네."

"괜찮을 거야, 분명."

서로 손을 흔들며 인사한 후, 나는 역을 빠져나왔다. 뒤를 흘끔 쳐다보니, 타카우지 양이 아직 이쪽을 보고 있기에 다시 손을 흔들었다.

걷다가 돌아보고, 걷다가 돌아보고, 그러기를 반복해도 타카우지 양은 계속 나를 배웅하고 있었다.

누가 바래다주는 건지 모를 정도다.

"그만 됐어! 열차를 몇 대나 그냥 보낼 셈이야!"

내가 말하자 몰랐다는 듯한 표정을 짓더니, 고상하게 입가를 가리고 웃었다.

타카우지 양이 웃어주면 왜 이렇게나 기쁜 걸까.

그런 짓을 한 탓에 집에 돌아가는 시간이 계속해서 뒤로 밀렸다.

……나오미치 씨한테 혼나지 말아야 할 텐데.

6 수학여행과 수영장

"으음……."

알바 중.

개그 메일에 관해 생각하다가 무심결에 신음을 내고 말았다.

"왜 그래요, 후배 군. 시험에서 뭐 모르는 거라도 나왔나요?"

"그쪽은 괜찮아요."

저번에 빌린 【도박사의 샤프】는 당분간 가지고 있어도 된다고 후미 선배는 말했다.

덕분에 시험은 그럭저럭 잘 봤다.

확실하게 평균점은 넘었을 것 같았고, 실제로 타카우지 양과 답을 확인해 보니 낙제점과 보충수업은 피할 수 있을 듯했다.

"시험 때문인 줄 알았는데, 후배 군은 고민도 많은 남자네요~."

몽글몽글한 투로 말하며 후미 선배가 미소 지었다.

"시험은 후미 선배 덕분에…… 아니, 스터디 모임 덕분에 잘 봤어요."

"후배 군은 할 때는 하는 남자니까요."

치유계열인 척 빙긋빙긋 웃고 있지만, 언제 주먹이 날아올지 몰라서 긴장을 풀 수가 없다.

무엇이 폭파 스위치인지 알 수 없어서 후미 선배와 대화할 때는 어느 정도 거리를 두는 게 정답이었다.

"시험처럼 점수를 알 수 있는 게 아니라 고민하는 거라고요."

어제가 그 약속으로부터 두 번째 방송일이었다.

첫 번째 때에 비해 더 많이 보내보았지만, 성과를 거두지는 못했다.

메일을 보낸 코너가 시작되어 마음을 졸이며 '상큼 폰치'라는 닉네임을 부르기를 기다렸지만, 두 번째 방송에서도 그 이름이 호명되는 일은 없었다.

그리 쉽게 채택될 리가 없다는 건 알았다. 하지만 고심 끝에 생각한 개그가 헛방만 치니 살짝 충격이었다.

접수가 안 된 건 아닐까? 스팸 메일로 분류됐나? 너무 아슬아슬한 시간에 보냈나? 애초에 재미가 없었나? 난 역시 센스가 없나? 등등. 아무리 생각을 해봐도 답이 안 나왔다.

스마트폰의 메모장에 적어둔 소재는 죄다 보냈으니, 또 처음부터 생각해야만 한다. 그런고로 지금은 빈 페이지로 돌아가 있었다.

"뭣 때문에 고민하는지는 모르겠지만, 계속 끙끙대기보다는 잠깐이라도 생각을 비우면 스트레스 해소도 되고 좋을지도 몰라요."

"스트레스……."

스트레스가 없는 건 아니다.

그렇게나 기대했던 방송일이 지금은 꼭 심판을 기다리는 날처럼 되어버렸다.

타카우지 양은 협력적이지만 정답이 있는 것도 아니라 감각적인 것을 대략적으로밖에 알려주지 못했다.

"후미 선배, 재미란 대체 뭘까요……."

"후배 군이 저런 퀭한 눈을?! 이거 중증이네요……!"

후미 선배는 놀라서 눈이 휘둥그레지더니 끄으으응, 하고 뭔가를 생각하다가 결론이 나왔는지 응, 하고 고개를 끄덕였다.

"내일, 휴일이죠? 무슨 일정 있나요?"

"아뇨, 이렇다 할 건 없는데요."

"외출을 하죠."

"응? 누가, 누구랑요?"

"후배 군이, 저랑요."

"저기, 거부권 같은 건……."

"네?"

후미 선배는 순수한 눈빛을 머금은 눈을 동그랗게 뜬 채 의아하다는 듯이 눈썹을 씰룩거렸다.

"없어요. 거부권 같은 건."

이 '선배 말은 정의고 절대적이다'라는 사상은 어떻게 좀 안 될까.

"혹시 후배 군은 이걸 데이트라고 생각하나요?!"

"아뇨, 아니에요."

바짝 거리를 좁혔다. 나의 경계심은 거리에 반비례하게 갈수록 강해졌다.

"착각하지 마세요!"

"안 했어요."

바짝바짝 다가오기에 나는 되도록 눈을 떼지 않고자 애쓰며 천천히 뒷걸음질을 쳤다. 그래. 야생에서 곰과 마주쳤을 때처럼.

냉정하게, 차분하게, 거리를 벌리면……

"후, 후배 군도 일단은 남자니까, 저를 의식하는 것도 무리는 아니지만——."

계속해서 물러나는 나의 허리 부근에 뭔가 단단한 것이 닿았다. 어느샌가 카운터 구석까지 와버린 모양이다.

이런.

"진짜 정말로 의식 안 하고 있거든요?"

그렇게 말해도 사나운 곰보다 더 무서운 후미 선배는 내 이야기를 전혀 듣지 않았다.

"후미 선배, 후미 선배, 지금은 알바 중이니—— 손님이 올지도——."

후미 선배는 자신의 발판을 집어 들었다.

"야, 야한 건 기대하지 마세요————!"

그리고 그대로 나를 향해 던졌다.

"기대할 만큼 섹시하지도 않——끄아아아악?!"

상상했던 것의 몇 배는 되는 속도로 날아온 발판은 퍽,
하고 내 얼굴에 직격했다.

다음 날인 토요일.

열차로 세 역 정도 떨어진 번화가가 있는 역에서 후미
선배와 만나기로 했다.

"쬐선이 늦네."

어젯밤, 하루가 오늘 예정을 묻기에 답하자 같이 가고
싶다기에 데려왔다. 물론 후미 선배에게도 허락은 받았다.

"늦기는, 이제 막 약속 시간이 됐잖아."

약속보다 15분 정도 일찍 도착한 탓에 기다리는 듯한 기
분이 드는 건 이해한다.

"후배 군~ 갸루 짱~ 오래 기다렸죠~."

개찰구에서 나온 후미 선배가 종종걸음으로 다가왔다.

쫄래쫄래 걸어 다니는 어린애 같아서 매우 귀엽다. 평소
의 행실을 아는 나로서는 그 사실이 안타까울 따름이다.

"쬐선, 늦었잖아."

"딱 맞춰서 왔어요~."

"나, 수영복 고르고 싶은데, 그래도 돼?"

"괜찮아요~. 아아, 그러고 보니 2학년은 그럴 시기였죠."

그럴 시기?

요전에 중간고사가 끝났으니, 여름이 되려면 아직 멀었다. 시즌이라고 하기엔 아직 이르다.

걷기 시작한 두 여자를 뒤따라갔다. 그렇게 거침없는 발걸음으로 상업 빌딩 시설에 도착했다.

입점 매장 중 태반이 여성복 가게라 옷이며 잡화 등을 판매하고 있었다.

"올해도 브라 뭐시기라는 호텔에 묵나요?"

"호텔 브란티어였던가?"

하루가 묻는 말을 듣고서야 나는 두 사람이 다음 주 후반부터 가는 수학여행에 관한 이야기를 하고 있다는 사실을 알아챘다.

"아~. 숙소? 그런 이름이었던 것 같아."

받은 안내 책자의 숙소란에 그런 세련된 영어 로고가 박혀 있었다.

"알아봤더니 수영장이 있더라고! 그래서 사기로 한 거야."

그래서 오늘 따라온 건가.

"작년에는 시간제한이 있기는 했지만, 모두 함께 놀았어요~."

담임 선생님은 수영장에 관해 딱히 언급하지 않았다.

그렇다는 건 관내 시설 중 하나니 이용해도 된다는 뜻일 거다.

에스컬레이터를 타고 가다가 하루가 문득 생각났다는 듯이 말했다.

"아카리 옷도 이따가 보러 가자."

"기억하고 있었구나?"

"당연하지. 뭐, 대충 스파 매장에서 골라도 될 것 같지만."

내 상태를 확인하듯이 하루가 위아래로 시선을 움직였다.

이전에 타카우지 양과 데이트할 때 입을 옷이 없다고 하루에게 상담한 적이 있었다.

그때는 에둘러 촌스럽다고 깎아내렸는데, 오늘 아무 말도 하지 않는 걸 보면 평균점은 채운 모양이다.

"어? 근데 학교 지정 수영복은 안 입고?"

"입을 리가 없잖아. 무조건 귀여운 걸로 입어야지."

"입을 리가 없잖아요. 갸루 짱은 야한 걸 입어서 후배 군의 시선을 독점하고 싶은 거라고요."

"아, 아니거든?! 완전 아니거든? 쬐선, 아무 말이나 막 하면 안 돼."

체엣, 하루가 등을 돌렸다.

하루는 익숙하게 목적한 가게가 있는 층에서 내리더니 여자들로 붐비는 그곳을 미끄러지듯이 걸어 나갔다.

"후, 후배 군~?!"

그 말을 듣고 돌아보니 후미 선배가 여자들의 파도에 떠내려갈 것 같았다.

"후미 선배?! 아아, 아아, 뭐 하시는 거예요."

구조하기 위해 곁으로 달려가서 인파에서 끄집어냈다.

"괜찮아요?"

"네. 간신히. 남성한테는 길을 열어주는 걸까요."

무력으로 해결하려고 좀 하지 마시라고요.

"나를 따르라~."

아무도 안 따를걸. 후미 선배는 시대를 잘 타고났으면 엄청난 무장이 됐을 것 같네.

"뭐 해~?"

어~이, 하고 하루가 목적한 가게 앞에서 손을 흔들고 있다.

그 가게 입구에는 여름이 한발 먼저 왔는지, 마네킹이 비키니며 팔레오 같은 걸 입고 있었다.

들어가기 껄끄럽네…….

나만 그렇게 생각하는 걸지 모르겠지만, 여성용 속옷 가게 앞을 지나갈 때도 살짝 저항감이 들었다. 수영복이라고는 해도 천의 면적이 비슷하다는 점을 고려하면 눈 둘 곳이 없어 곤란해질 게 뻔하다.

"난 여기서 기다릴게."

마침 휴식용 벤치가 보이기에 그걸 가리키며 말했다.

"왜~?"

"남자가 들어갈 곳이 아니잖아."

"아무도 신경 안 써. 그렇게 의식하는 쪽이 훨씬 더 변태 같거든?"

"의식 안 하면 돼요."

무리라고.

"자자, 들어가자고요."

후미 선배가 소매를 잡아당겨서 나는 저항도 못 하고 가게 안으로 끌려갔다.

세 명 정도 되는 점원분들도 갸루 계열의 차림새를 하고 있었다. 하루가 가게 점원으로 진화하면 이런 느낌이 되겠지.

나를 제외하면 손님은 고등학생에서 대학생 정도의 여성들뿐이라 몹시도 있기가 불편했다.

하루가 거울 앞에서 신경 쓰이는 수영복을 대보고 있다. 그것 말고도 몇 개를 더 골라서 한 손에 들고 있었다.

"후미 선배는 작년에 사셨나요?"

"살짝 벗었을 뿐인데 다들 쳐다보더라고요."

뭐어, 여러 가지 의미에서 눈길을 끌었겠지.

"남자는 전부 애들이에요."

이런이런, 하고 후미 선배는 성숙한 여성인 척했지만,

어린애 같다는 말은 오히려 이쪽이 하고 싶었다.

"후미 선배는 학교 지정 수영복이 제일일 것 같은데요."

체형 문제로.

가볍게 농담을 던지자 치유계열 초등학생 같은 후미 선배의 얼굴이 한냐* 가면처럼 되었다.

"어엉?"

"죄송합니다. 아무것도 아니에요."

무서워어어어어……. 이 사람, 후배가 놀리는 건 죽을 만치 싫어하는 타입이구나.

"아카리는 어떤 수영복이 좋아?"

상품용 선글라스를 머리 위에 얹은 채로 하루가 물었다. 하루가 저러고 있으니 이상하게도 어울렸다.

"어떤 걸 좋아하냐니……."

패션 센스를 시험당하는 듯한 기분이었다.

봐도 잘 모르겠어서 적당히 하나를 집어서 하루에게 내밀었다.

"아, 아카리는, 이, 이런 걸 좋아하는구나……."

하루가 빤히 관찰했다.

내가 거의 무작위로 고른 수영복은 다른 것들보다 천의 면적이 적은 검은 비키니로, 탑 부분은 하루가 입으면 가슴이 아래로도 옆으로도 삐져나올 듯했다.

---

*한냐(般若) 가면 : 일본의 가무극인 노(能) 등에서 여성의 질투와 원한을 표현한 원령의 가면.

"의, 의외라고 해야 할지…… 아무리 나라도 용기가 필요할 것 같다고 해야 할지……."

기세가 꺾인 하루가 우물우물 입속말을 했다.

신이 나서 선글라스를 머리에 얹고 있는 녀석이 그런 반응을 보이니까 상당히 야한 수영복을 고른 것 같잖아. 실제로 그럴지도 모르지만.

"아니, 방금은 아무거나 집은 거야! 내 취향이 아니라, 정말 아무렇게나 고른 거라고!"

"후배 군도 참 밝히네요오……."

아. 틀렸다. 둘러대면 둘러댈수록 진심으로 고른 듯한 느낌이 난다.

"제대로 생각하고, 제대로 고를 테니까 나한테 한 번 더 기회를 줘!"

"아니, 그렇게까지 진지하게 나오면 오히려 징그럽거든?"

어째서!

하루가 금발 머리를 만지작거리며 수줍은 투로 말했다.

"뭐, 뭐어. 아카리의 퍼스트 터치는 나였고. 에로한 걸 기대하는 것도, 이해는 된다고 해야 할지……."

이해하지 마.

퍼스트 터치는 또 뭐야.

그러던 그때, 하루가 무언가를 알아챘다.

"어라? 사야 짱 아냐?"

손가락으로 가리킨 곳에는 분명 사복 차림의 타카우지 양이 있었다.

오늘은 우리 집에서 스터디 모임을 했을 때의, 기합을 넣었다고 하루가 평가했던 그 옷이 아니라 조금 편한 복장이었다.

"사야 쨩! 여기~!"

"야, 멍청아, 부르지 마! 지금 내가 어떤 상황에 부닥쳐 있는지를 생각하라고!"

나는 몸을 확 웅크리고서 하루에게 투덜댔다.

남자들이 있는 게 부자연스러운 이런 곳에 내가 있는 걸 보면 괜한 오해를 할지도 모른다.

"뭐 어때서. 아카리도 합류하는 게 더 좋잖아. 시간상 곧 점심을 먹어야 하기도 하고."

그, 그것도 그런가?

슬금슬금, 나는 가게에서 탈출했다. 이제 발각돼도 아무 문제도 없다.

하지만 그러고 나서 보니 타카우지 양은 인파 속으로 사라져 어디서도 모습을 찾을 수 없었다.

하루의 목소리를 못 들었나 보다.

스마트폰이 진동하고 있다는 걸 알아채고 화면을 보니 낯선 번호가 찍혀 있었다.

혹시 타카우지 양일까? 앱으로만 통화한 탓에 일반 전화로 연락이 온 건 처음이었다.

"여, 여보세요."

『타카우지다만.』

"……아아…… 그쪽 타카우지구나."

반톤 정도 높아졌던 내 목소리 톤이 순식간에 낮아졌다.

상대는 나오미치 씨였다. 타카우지 양이 번호를 알려줬나 보다.

"무슨 일이죠?"

『만심 방송, 이제야 들었다. 채택이 안 됐던데. '상큼폰'.』

"……맞아요. 그리고 '상큼 폰치'를 줄이지 마세요."

『다음이 마지막이다.』

"안다니까요."

『사아야는 말이다, 나한테 라디오 청취자가 되기 위한 영재 교육을 받았다.』

"오빠라면 그것 말고도 해줘야 할 게 있었을 텐데."

『…….』

"그게 뭐요?"

『그러니까, 메일 채택도 안 되는 녀석한테는 아무 감정도 없을 거라고.』

"그럴 거라는……."

보장은 없잖아요, 라고 단언할 수가 없었다. 라디오와 그에 대한 자세를 빼놓고 타카우지 양에 관해 논하는 건

불가능하기 때문이다.

『뭐어, 잘해 봐라.』

웃음기 섞인 목소리로 그렇게 말하더니 나오미치 씨는 전화를 끊었다.

◆ 타카우지 사아야

"이제 없지……?"

사아야가 두리번두리번, 주변을 둘러봐도 눈에 익은 같은 반 친구의 얼굴은 보이지 않았다.

안도의 한숨을 내쉰 후, 하루와 아카리가 있던 가게에서 계속해서 멀어졌다.

"어째서 저런 곳에."

누군가와 만날 예정이 없었던 탓에 비교적 편한 복장으로 왔었다. 아카리가 있다는 걸 알았다면 좀 더 제대로 된 옷을 입었을 텐데.

이곳에 오기로 한 건 오늘 아침이었다.

사아야도 하루와 마찬가지로 다음 주에 가는 수학여행에서 입을 수영복을 고르려고 '지갑'과 함께 이곳에 온 것이었는데, 아카리와 마주칠 줄은 꿈에도 몰랐다.

아무에게도 말하지 않은 것은 수학여행을 앞두고 수영

복을 새로 장만했다는 사실을 알면 너무 들뜬 것처럼 보일 것 같아서다.

실제로 그렇기는 했지만 '타카우지 사아야'는 그런 사람들을 일소에 부치는, 그런 인물이어야만 했다.

하지만 하루의 눈에 띈 이상, 오늘은 얌전히 돌아가는 게 좋겠다.

플랜 B. 수학여행에는 학교 지정 수영복을 갖고 간다.

그러는 편이 들뜬 듯한 느낌도 안 줄 테고 무엇보다도 모두가 상상하는 '타카우지 사아야'답다.

"오빠, 뭐 해?"

벤치에서 쉬고 있던 '지갑'…… 아니, 오빠는 스마트폰을 보며 우습다는 듯이 웃고 있었다.

"아니, 그 녀석, 딴죽을 거는 게 제법이다 싶어서. 존댓말이 아닌 것도 그렇고, 빠르기도 했어. 창의 명수처럼 날카롭더라."

"창……? 무슨 소릴 하는 거야?"

"그래서? 뭘 살지는 정했냐."

"됐어. 관둘래."

"사양하지 말래도. 아니, 대체 뭘 사려고 했던 건데. 팬티랑 브래지어?"

"오빠가 그런 걸 물어보니까, 기분 나빠."

"그런 소리 말아주라."

"돈만 주면 됐는데. 굳이 동생이 쇼핑하는 데까지 따라오면 징그럽다고 생각할 수밖에 없잖아?"

"반항기냐······."

이래 봬도 오빠는 꽤 바쁘다. 라디오 녹음은 주에 두 번, 생방송이 한 번인데 그에 관한 회의까지 있으니 밤낮없이 일해야 했다.

"좀 이따 선배가 점심을 같이 먹자고 불렀는데, 사아야 너도 올래?"

이렇게 개그맨 시절에 신세를 졌던 선배들이 식사 자리에 초대하는 일도 많았다.

"사양하겠어. 내가 있으면 못 할 이야기도 있을 테니까."

"그런 자리가 아닌데 말이지."

나오미치는 지갑에서 만 엔짜리 한 장을 꺼내 건넸다.

"뭘 살지는 모르겠지만, 자."

"이제 됐어."

"정말 괜찮겠냐? 그럼 난 늦을 테니 저녁은 혼자서 먹어."

나오미치는 지폐를 지갑에 다시 넣고 떠나갔다.

저 멀리 아카리와 하루, 후미가 셋이 걷고 있는 게 보였다.

"키미시마 군하고 세가와 양, 사이도 좋네······."

아카리가 수영복을 골라줬을까, 생각하니 가슴이 따끔했다.

그럼 자신도 골라달라고 아카리에게 말할 용기가 있는

137

가 하면 그렇지 않고, 히이로가 아카리 군이라고 이름으로 부르는 것도 아직 납득이 안 됐다. 친하다고는 생각하지만 그렇게 불러도 되는 걸까.

아카리의 앞에서는 이제 솔직한 말과 태도, 표정을 드러내게 되었지만, 아직 '타카우지 사아야'의 껍데기를 깨고 나오지는 못하고 있었다.

◆ 키미시마 아카리

수학여행 첫날.

평소보다 조금 이른 시간에 등교한 우리 2학년은 운동장에 모여 있었다.

나와 타카우지 양은 담임 선생님에게 출석을 부르고 출석번호순으로 줄을 세우고, 애들이 다 모이면 버스에 태우라는 미션을 받았다.

타카우지 양이 출석부를 든 채 쩔쩔매고 있다.

"저기, 순서대로…… 줄을……."

그렇게 입을 열었지만, 수학여행 출발을 앞둔 보이 & 걸의 홍분도가 낮을 리가 없어서 줄을 설 생각은커녕, 주변에 있는 친구들과 쉬지 않고 수다를 떨었다.

타카우지 양은 스테이터스에 【사람 많은 것 싫어함】이

있었다.

성실하다 보니 담임 선생님에게 받은 지시를 어떻게든 수행하려 하고 있지만, 그리 생각대로 되지 않는 듯했다.

이른 아침이라 졸리지만, 그런 한가한 소리를 할 때가 아니다.

"타카우지 양은 출석 체크를 맡아줄래?"

"응."

어흠, 나는 준비 운동이라도 하듯 헛기침을 했다.

"출석번호순으로 줄 서 줘! 안 그럼 평생 버스 못 타~. 출석번호순으로—— 아, 온 사람들은 타카우지 양이 출석 체크를 하고 있으니까 타카우지 양한테——."

나는 그렇게 외치며 줄 뒤쪽으로 이동했다.

"아카리 군, 엄청 의욕이 넘치네."

여행 가방을 옆에 두고 앉아 있던 나토리 양이 동료를 발견했다는 눈빛으로 말했다.

"의욕이 넘친다기보다는, 반장이니까."

"아카리도 이러니저러니 해도 기대했었잖아."

옆에 있던 하루가 히히히 웃었다.

"출석번호순으로 서달라고 아까부터 말했잖아, 이 불량 학생아."

"뭐어~? 갸루랑 불량 학생은 다른 거거든?"

경계선이 어딘지 전혀 모르겠지만, 내가 주의를 주자 하루는 마지못해 짐을 챙겼다. 커다란 여행 가방에 큼지막한 보스턴백까지 들고 있었다.

"나 이동할 테니까 아카리, 이것 좀 들어줘."

"내가 무슨 짐꾼이냐."

"반장은 같은 반 친구들을 돌보는 사람이잖아~?"

"아니거든. 그렇다 해도 널 개인적으로 돌봐주는 건 업무 내용에 포함 안 되어 있어."

보스턴백을 떠미는 바람에 나는 어쩔 수 없이 옮겨주었다.

"고마워."

"왜 이렇게 짐이 많아, 대체 뭘 갖고 가는 건데."

불량하게 여행 가방에 앉은 하루에게 보스턴백을 돌려주었다.

"잔뜩 있어. 수영복 같은 거."

"……."

"어? 무슨 상상 했어? 아카리 엉큼해~."

에잇~ 하고 발끝으로 내 다리를 툭툭 건드렸다.

"안 했어. 이 파렴치 불량 갸루."

"어디가 경계선인지도 모르면서 하나로 묶지 마."

"안 그래도 크니까 조심 안 하면 훌렁 삐져나온다."

"아카리, 하루찡의 가슴을 너무 의식하는 거 아냐?"

"……."

"바로 반박 못 하는 걸 보니 아카리는 가슴 성인이 맞네."

"시끄러워."

깔깔, 하루가 웃었다.

하루도 다른 애들처럼 꽤나 흥분한 모양이다.

후미 선배, 하루와 함께 쇼핑하러 갔을 때 수영복을 샀다는데, 어떤 걸 샀는지 나는 확인하지 못했다.

하지만 하루에게는 【순수】가 붙어있으니 분명 아슬아슬한 것이나 지나치게 아찔한 수영복은 아닐 거다.

잔뜩 들뜬 고등학생들을 통솔하는 데 한참 고생한 끝에 나는 모든 인원이 모였음을 확인하고 선생님한테 그 사실을 보고했다. 그리고 드디어 버스에 탑승하게 되었다.

"키미시마 군, 수고했어."

"아냐. 타카우지 양이야말로 수고했어."

"나는 그냥 자기가 왔다고 말하러 온 사람을 체크한 것뿐인걸. 덕분에 살았어. 고마워."

"그냥 역할을 분담한 거야. 타카우지 양은 사람이 많은 걸 싫어하잖아."

"……어떻게 알았어?"

"아. 아니, 그냥 느낌이 그래서. 느낌이."

스테이터스가 보여서, 라고 할 수는 없는 일이라 나는 하하, 웃어서 얼버무렸다.

"아까 세가와 양하고 즐거워 보이던데, 키미시마 군."

"그래? 평소랑 같았던 것 같은데."

흥분 상태라는 걸 감안해도 평소와 같다고 할 수 있는 범주일 거다.

어째서인지 타카우지 양은 확신에 찬 얼굴로 한 차례 고개를 끄덕였다.

"사이좋은 두 사람이 즐겁게 대화하면—— 그게 바로 라디오잖아."

"아, 아닌데요?"

타카우지 양도 이상한 스위치가 켜진 것 같네.

핵심을 찔렀다는 듯이 으스대는 표정을 짓고는 있지만 지나치게 편향된 의견이잖아.

"나는, 사이가 좋은 두 사람에게는 그들만의 세계관이 있다고 생각해."

"뭐야, 그 독특한 관점은?!"

"내가 사이에 끼면, 그 리듬으로 대화하지는 못할 테니까……."

"어, 갑자기 전문적인 의견을?"

"그 사이에 제삼자가 끼어들면 성격이 달라진다는 의미에서는, 내가 상상하는 라디오 진행자들의 관계와 같으니, 키미시마 군과 세가와 양의 대화는, 역시 라디오라고 생각해."

"아니거든?"

이 이상 폭주하지 않도록 딱 잘라 부정했다.

"하지만 그런 두 사람 사이에 끼지 못하고 있으면, 소외감이 느껴질 때도 있어."

타카우지 양이 가지런한 눈썹과 눈꼬리를 늘어뜨려 쓸쓸한 표정을 지어 보였다.

우수에 젖은 눈빛으로 곁눈질하는 모습이, 마치 영화의 한 장면 같았다.

그 우울해 보이는 눈빛이 나무라는 듯한 것으로 바뀌었다.

"키미시마 군, 가슴 성인이라면서?"

가장 듣고 싶지 않은 질문을 던졌어?!

설마 질투하시는 건 아니겠지……?

"나도…… 가슴을 칭찬받은 적은 있어……."

"어?"

되묻자 타카우지 양은 짐을 버스의 트렁크에 맡기고 잽싸게 올라탔다.

"그거, 실으려고?"

트렁크에 실은 짐을 정리하던 기사분이 묻기에 멍하니 "아, 네" 하고 대답한 후, 나는 가방을 맡겼다.

"아까 그 말은……."

자신도 그럭저럭 있다는, 그런 어필이 아니었을까. 타카우지 양의 가슴이 얄팍하다고 생각한 적은 없다. 몸매도 좋으니까.

그때, 몸이 옅게 빛나더니 스테이터스가 갱신되었다.

· 키미시마 아카리

· 성장 : 급성장

· 특징 / 특기

강심장

라디오 오타쿠

포커페이스

칭찬을 잘함

라이징 스타

각색가

리더십

【리더십】이 새로 생긴 것 같다.

조금 전 반장 미션을 완수한 덕분일 거다.

이로써 리더 같은 행동을 하기 쉬워졌다.

……어라? 그리고 보니 【엑스트라】가 사라졌다.

추측이지만, 【리더십】과 상반되기 때문이겠지.

잘 생각해 보면 리더가 엑스트라일 리는 없으니까.

내 바로 뒤에는 나토리 양이 있었다.

"아카리 군, 옆에 자리 있어~?"

"응. 아마도."

"근데 나는 없는데~."

난감하다는 듯이 에헤헤 웃으며 말했다.

"뭐가? 뭐 잃어버렸어?"

"그거, 꼭 말해야 알겠어~?"

"……무슨 소리야?"

진짜로 전혀 모르겠는데.

그런 내 뜻이 전해졌는지 나토리 양이 "가슴 말이야, 가슴"이라고 귓속말했다.

"그, 그래……?"

의식한 적이 없었지만 새삼 확인해 보니 그럴지도 모르겠다.

나토리 양은 명랑하게 "진짜 엄청 콤플렉스거든~"이라고 말하며 웃어넘겼다.

버스에 타서 빈자리를 확인해 보니 뒤쪽에서는 이미 잘 나가는 남녀가 진을 친 채 과자를 펼쳐놓고 파티를 벌이고 있었다.

어디에 앉든 자유지만 대체로 앞쪽에 가까운 자리에는 얌전한 분위기의 아이들이 모여 있는 듯 보였다.

타카우지 양과 하루는 이미 탑승해서 창가 자리에 앞뒤로 앉아 있다. 옆자리는 비어있는 것 같았다.

""……""

두 사람이 흘끔흘끔 이쪽을 쳐다보았다.

타카우지 양의 옆자리가 비었어…….

분위기 파악 못 하는 바보인 척 앉아볼까.

'여기 다른 애 자리야'라는 말을 들을지도 모르지만, 혹시 모르니까…….

"아카리 군, 저기 비었어."

나토리 양이 소매를 잡아당기며 통로를 나아갔다.

"나토리 양──?"

옆에 자리 있냐는 말이 그런 뜻이었나.

기쁘기는 하지만, 지금은──.

타카우지 양과 하루의 자리를 지나치려던 그때, 누군가가 반대쪽 소매를 붙잡았다.

"키미시마 군, 어디 가."

딱 부러지는 표면 사아야의 표정으로 타카우지 양이 말하자 나 대신 나토리 양이 답했다.

"저쪽에 빈자리가 있어서 그쪽으로 갈까 하고. 그치?"

내가 뭐라 대꾸하기 전에 타카우지 양이 목소리를 높였다.

"기본적으로 반장은, 둘이 나란히 앉게끔 되어 있어."

그런 규칙이 있었어?

그렇다면 어쩔 수 없지~. 응.

"어~? 그래~? 정말로?"

"그렇대, 나토리 양."

잘 됐다 싶어서 맞장구를 치기로 했다.

나토리 양은 편승하고자 내뱉은 나의 얄팍한 말은 들은 척도 안 하고 의심스럽다는 눈으로 타카우지 양을 응시 했다.

"키미시마 군을 놓아줘. 빨리 앉아야지, 뒷사람이 기다 리잖아."

내가 난감하다는 듯이 하루를 쳐다보자 못 말리겠다는 듯이 고개를 가로저었다.

"히로 짱, 내 옆자리 비었어. 여기 앉아."

찰싹찰싹, 하루가 빈자리를 두드렸다.

이 얼마나 믿음직한 소꿉친구란 말인가.

"그럼 그쪽에 실례할까?"

나토리 양이 손을 확 놓더니 하루의 옆에 앉았다.

"반장이니 옆자리에 좀 앉겠습니다……."

"자……."

자?

고개를 갸웃하고 생각해 보니 그건 타카우지 양이 낸 소 리가 맞는 듯했고, 어째서인지 하루와 마찬가지로 빈자리 를 두드리고 있었다.

환영한다는 몸짓처럼 보였다.

아, 앉아, 라고 말한 건가.

"옆 반도, 반장은 버스에서 나란히 앉는다고 하니까, 다,

당연한 거라고."

아아, 그래서 기본적으로, 라고 한 건가. 하지만…….

"그 둘은 사귀는 사이니까, 나란히 앉아도 딱히 이상하지는——."

타카우지 양이 커튼을 촤악, 하고 치더니 그 안에 숨어 버렸다.

"타카우지 양?"

"……난, 그런 줄은, 몰랐어."

그런 줄은?

"사야 짱은 착각해서 대놓고 자폭한 게 부끄러운 거지?"

"아니야."

"그럼 커튼에서 나와서 말해."

하루가 스틱 형태의 과자, 바삭바사키를 오독오독 먹으며 말했다.

아무래도 나토리 양이 줬는지 상자를 들고 있었다.

"아카리 군도 먹을래?"

"고마워."

손으로 받으려 하자 나토리 양은 바삭바사키를 내 입가에 들이댔다.

"여기."

"나토리 양, 이건."

"아~앙해. 딱 보면 몰라~?"

빙글빙글 즐거운 듯이 나토리 양은 어깨를 들썩이며 웃었다. 커튼 틈새로 타카우지 양이 빤히 이쪽을 쳐다보고 있다.

무셔어어…….

"히로 짱, 적당히 안 하면 나도 화낼 거야."

"그럼 하루 줄게, 아~앙."

"아~앙. 맛있어."

"다행이다아."

길들여지고 있어!

그 모습을 본 순간, 타카우지 양이 커튼에서 나왔다.

"나토리 양, 과자는 안 돼. 준비물에 적혀 있지 않았잖아."

"금지라고도 안 쓰여 있던데?"

"수학여행은 학교 행사야. 수업의 일환이라고 생각하면, 쓸데없는 물건은 가지고 오지 않는 게 원칙이고——."

"사아야 짱도 먹여줄게."

"……."

나토리 양이 내민 바삭바사키를 쳐다보던 타카우지 양은 야생 들고양이처럼 경계하며 합, 하고 먹었다.

나머지를 직접 손으로 들고 바삭바삭바삭 소릴 내며 먹었다.

창밖을 쳐다보고 있지만 약간 기쁜 듯한, 아주 싫지는 않은 듯한 얼굴이 유리에 비쳤다.

이 과자, 무슨 수수경단* 같은 건가?

"맛있어?"

"응. 과자 맛이야."

그야 그렇겠지.

"사아야도 평소에 과자 먹어~?"

"조금 정도는."

기본 소양으로 익혔어, 라고 말하는 듯이 새침한 얼굴을 하고 있지만 정크푸드를 좋아하는 타카우지 양이 과자를 먹지 않을 리가 없단 말이지.

그러고 보니 나토리 양이 타카우지 양을 이름으로 부르고 있다. 아주 자연스럽게.

나토리 양은 하루와 마찬가지로 【엄청난 사교성】을 지녔다.

그래서 다른 사람과 어울리는 데 능한 걸지도 모른다.

……사아야라.

나도 언젠가 이름으로 부를 날이 올까.

버스에 짐을 둔 채, 목적지 중 하나인 역사 미술관에 들어갔다.

이 지역에 있던 역사상의 인물이나 근대 위인의 소개,

---

*수수경단 : 일본의 전래 동화인 '모모타로'에서 모모타로는 도깨비들을 퇴치하기 위해 길을 나서는데, 그 도중에 수수경단을 주고 원숭이, 개, 꿩을 부하로 거둔다.

오래된 사료(史料)가 전시되어 있었는데, 솔직히 말해서 관심이 별로 없는 사람이 보기에는 전혀 재미없는 장소였다.

"사야 짱, 설명문 진짜 열심히 읽는다."

"……."

【고집중력】때문인지 타카우지 양은 놀리는 하루의 말을 완전히 무시했다.

대조적으로 하루는 흘끔 쳐다보고 다음으로 넘어가기를 반복해서, 하나씩 천천히 보고 있는 나와 타카우지 양, 나토리 양에게 저쪽에 뭐가 있는지 알려주었다.

"저쪽에 갑주(甲冑)가 있어, 갑주."

"앞에서 행동하고 있는 반에 방해가 될 수도 있으니까 얌전히 있어."

"그치만 무진장 재미없잖아."

"그런 소리 마. 다들 그렇게 생각해도 말하지 않으려 하고 노력하고 있으니까."

"아무래도 상관없지만 '다들'이라고 뭉뚱그려서 말한 아카리 군이 더 못된 것 같은데?"

나토리 양이 고개를 갸웃하며 말했다.

타카우지 양이 흥미진진하다는 듯이 구경하기에, 별로 관심이 없는 나는 반장으로서 반을 인솔하는 데 주력했다.

"아카리는 선생님이야?"

"아니거든?"

이 소꿉친구만 시끄럽게 굴고 나머지는 내가 주의를 하면 지켜주었다.

아니 뭐, 담임 선생님이 했던 말을 다시 한번 반복하고 있을 뿐이지만, 다들 의외로 잘 따라줬다.

【강심장】이 있는 나는 이전보다 배짱이 늘어서 거침없이 같은 반 애들에게 주의를 줄 수 있었다.

【리더십】덕분인지 다들 내 말을 순순히 들어주는 것 같기도 했다.

약 두 시간 정도 후에 미술관을 뒤로 해서 숙소인 호텔에 체크인했다.

멋대로 비즈니스호텔 같은 곳이겠지, 라고 상상했는데 10단계로 랭크를 매기자면 7단계 정도 될 듯했다.

로비는 밝고 넓었고, 융단도 폭신했다.

호텔 접수원도 차분하고 딱 부려져 보였다.

"깨끗하고 크네."

둘러보던 타카우지 양이 나직하게 말했다.

"결혼식 같은 걸 할 수 있는 회장도 있대~."

그 말을 들은 나토리 양이 스마트폰을 보고 덧붙여 말했다.

"그야 그렇겠지~. 수영장도 있는걸. 쬐선도 그랬잖아. 꽤 좋은 호텔이었다고."

하루는 다 알고 있었다는 듯이 의기양양하게 말했지만,

잔뜩 들떠서 이리저리 바쁘게 눈을 움직이고 있었다.

버스 안에서 전달한 대로 저녁 식사까지 약 한 시간 동안은 자유 시간이다. 수영장에 가고 싶은 학생이 많은지 차 안에서는 다들 그 이야기를 하느라 정신이 없었다.

"하루도 수영장 갈 거야?"

"당연하지. 그러려고 샀는데."

"에~ 그렇구나. 나도 살 걸 그랬어."

"히로 짱, 혹시 학교 수영복이야?"

듣고 있던 타카우지 양이 움찔, 하고 반응하자 나토리 양이 고개를 끄덕였다.

"응. 뭐, 아무렴 어때. 난 작아서, 주목도도 낮을 테니까."

"학교 수영복은 그것대로 좋다는 얘길, SNS에서 봤어."

나토리 양은 기분이 풀렸는지 그렇구나~ 라고 대꾸했다. 타카우지 양도 후우, 하고 어째서인지 가슴을 쓸어내렸다.

근데 하루가 수집한 정보는 뭔가 편향된 것 같은데?

"타카우지 양은 수영장 갈 거야?"

"······어떻게 할까."

수영복을 가져오기는 했지만, 타카우지 양이 안 간다면 가지 말까, 하고 생각할 만큼 그렇게까지 의욕이 넘치지는 않았다.

"아카리 군, 가자~. 호텔에 있는 수영장이라잖아. 학교에 있는 거랑은 다를 거라고!"

나토리 양이 역설하자 하루가 이히히, 하고 웃었다.

"아카리는 엉큼해서 수영복 보고 코피 흘릴지도 몰라."

"안 흘려. 만화도 아니고."

수영장에 관심이 없는 건 아니다. 이왕 왔으니 가보고 싶은 마음은 있다. 게다가 같은 방 남자애들도 간다고 하니, 안 가면 방에 홀로 남게 된다.

"사야 짱도 가자~."

"……그렇게 끈질기게 가자고 하니, 거절하기가 어렵네."

정말 못 말리겠다는 듯이 타카우지 양이 백기를 들었다.

"나도 역시 사둘 걸 그랬어."

나토리 양이 풀이 죽어서 자기 가슴에 시선을 떨구었다.

"나토리 양, 괜찮아. 수영복 심사를 할 것도 아닌 데다, 학교 지정 수영복을 갖고 온 애들도 있을 거야."

그렇게 말했지만, 나도 일단은 요란하지 않은 일반 수영복을 가져왔다.

"소수파라면 그건 그것대로 좋은 쪽으로 눈에 띌 수 있고."

"혹시 하루가 말한 글을 적은 사람 되시나요?"

"아닙니다."

편향된 견해를 가진 사람으로 여겨지고 싶지 않아서 딱 잘라 부정해 두었다.

"키미시마 군은, 학교 지정 수영복 좋아해?"

놀리려고 한 질문인 줄 알았더니, 타카우지 양은 의외로 진지한 눈을 하고 있었다.

"그런 건 아냐."

일단 부정해 두었다.

우리 학교는 수영장 수업을 할 때 남녀가 따로 한다. 작년의 나는 다른 까불대는 남자애들 사이에 끼어 수영복 차림의 타카우지 양을 보러 갈 용기도 없었다.

수영복 차림의 타카우지 양…… 실물을 보면 진짜로 코피가 날지 모른다.

"내가 SNS에서 그런 발언을 한 건 아냐. 내가 그렇다기보다는 남자들의 총의(總意)로서 비키니도 좋지만, 학교 지정 수영복도 좋다는, 다양성이 중요하다는 의견이 있을 뿐이지."

……아무리 둘러대기 위한 말이라지만, 내가 지금 뭐라는 거람.

"그럼 학교 수영복이라도 괜찮다는 거지?"

"학교 지정 수영복이라도 괜찮다는 거구나."

나토리 양과 타카우지 양이 동시에 말했다.

체크인이 순서대로 진행되어 4인 1실인 각 방으로 안내를 받은 후, 곧장 수영장에 갈 준비를 했다.

평소에는 오지 못하는 다소 비싼 등급의 호텔, 수영장, 수학여행, 여자애들의 수영복을 볼 수 있을지도 모른다는 기대감…… 남자라면 들뜨지 않을 수 없었다.

같은 방 애들과 방을 나서서 안내에 따라 복도를 걸었다. 수영장 앞에 있던 전용 탈의실에서 수영복으로 갈아입는다.

벌써 잔뜩 신이 난 목소리가 들려왔고, 문을 열자 학교에 있는 것보다 크고 청결해 보이는 수영복이 나타났다.

짧은 워터 슬라이더도 있어서, 이미 우리 학교 학생으로 보이는 남자애들이 큰소리로 웃으며 그걸 타고 있었다.

풀 사이드에는 누울 수 있는 침대 타입의 하얀 벤치가 몇 개나 있고, 그곳에서 쉬는 사람들도 있었다.

어떻게 할까 고민하던 중, 누군가가 등을 찰싹 때렸다.

"아얏?!"

"아카리 군, 안 들어가?"

그곳에는 수영복으로 갈아입은 나토리 양이 있었다.

탄력 있는 몸에 팔과 다리는 은근히 햇볕에 탔다. 하지만 그렇지 않은 부분은 하얗다. 본인이 말했듯이 가슴은 겸손하다. 그런 탓에 수영복이 딱 달라붙어 몸의 라인이 훤히 드러났다.

"아, 아카리 군, 너무 뚫어지게 쳐다본다!"

탁, 나토리 양이 어깨를 떠밀었다.

"아, 미안! 근데 그렇게 자세히 보지는 않았어!"

"그, 그래도 보긴 봤단 소리네?!"

나토리 양이 숨기듯이 몸을 비틀었다.

"근데 역시 나뿐이야, 학교 지정 수영복을 입은 건…….
부끄러워……. 햇볕에 타서 검은 것도 거의 나뿐인 것 같
고, 우으……."

분명 남자들은 다들 비슷한 수영복을 입었지만, 여자들
은 원피스부터 비키니까지 다양하고도 컬러풀한 수영복을
입고 있었다.

무슨 말이든 해서 달래줘야 하는데.

"으음, 잘 어울려."

"그, 그래……?"

나토리 양은 부끄럽다는 듯한, 난처하게 됐다는 듯한 표
정을 짓더니 문득 무언가를 알아챈 듯이 말했다.

"그래, 나 가슴 작아! 그러니까 어울리지!"

"어울리기만 하면 납작하더라도 상관없지 않을까?"

"비수를 더 깊이 찔렀어?! 위로할 거면 좀 제대로 해!"

퍽, 발에 채여 수영장에 빠졌다.

"푸하. 갑자기 걷어차지 말라고——."

물 밖으로 머리를 내밀어 보니 나토리 양은 다른 여자애
의 부름을 받고 오도도, 풀 사이드를 달려갔다. 그리고 어
딘가로 가서 돌아왔을 때는 티셔츠를 입고 있었다.

그래…… 그 수가 있었구나.

"뭐 해, 아카리?"

풀 사이드에서 하루가 웅크려 앉아 무릎을 끌어안고 있었다.

"살짝 말실수를 한 것 같아."

무슨 일인지 파악은 못 한 눈치였지만 하루는 딱히 신경 쓰지 않고 벌떡 일어나더니 몸을 비틀어 굴곡이 두드러지도록 포즈를 취해 보였다.

"어때, 내 수영복?"

검은 수영복이 하얀 피부, 금발 머리와 잘 어우러졌다.

오프 숄더 타입의 수영복(이라는 모양이다)으로, 가운데에 리본이 달려서 조금 귀엽기도 했다. 가슴 위쪽으로는 아무것도 없어서 목부터 쇄골까지가 매우 예뻐 보였다.

목에 건 은목걸이가 반짝 빛났다.

하루에게는 【순수】가 있으니 분명 무난한 수영복을 고를 거라 생각했는데, 의외로 아슬아슬하게 걸 입었다.

커다란 가슴은 흘러나올 것 같고, 가랑이의 V라인의 각도도 좁은 것 같다.

"에로하네…… 아니, 응, 에로해."

내가 진지하게 말하자 하루의 하얀 피부가 화아아악, 하고 순식간에 새빨개졌다.

"진짜?! 그, 그치만, 점원 언니가 완전 끝내준다고 했는데?! 그거 거짓말이었어?!"

아~ 【순수】가 그쪽 방면으로 작용한 건가.

159

그 자리에 없었던 탓에 어떤 말로 구워삶은 건지는 모르겠지만, 하루 녀석, 그 말을 곧이곧대로 믿은 모양이다.

아니, 무진장 어울리기는 하지.

하지만 남자에게 감상을 물으면, 솔직히 에로하다고 말할 수밖에 없을 거다.

"아래로 힘껏 잡아당기면…… 가슴이 다 드러날 것 같은데."

"아니, 힘껏 아래로 잡아당기면 당연히 그렇게 되지."

철벅, 물을 떠서 내게 끼얹었다.

"그건 그러네."

"아카리가 나를 대놓고 여자로 봐, 징그러."

또 물을 끼얹었다.

"야. 쑥스럽다고 나 괴롭히지 마."

"쑥스러운 거 아니거든?!!"

소리를 빽 질렀다.

"……타카우지 양은?"

하루가 주변을 두리번두리번 둘러보았다.

"근데~ 나, 그렇게 에로하지 않잖아! 다른 애들도 꽤 과감한 걸 입었으니까…… 그렇단 얘기는, 아카리가 날 지나치게 의식한 거라는 뜻……? 사야 짱을 좋아하면서?"

찰박, 또 물을 끼얹었다.

"아니, 내 말 좀 들어."

"어? 왜 그러는데?"

"타카우지 양은 아직 갈아입는 중이야?"

"그러게? 사야 짱, 아까 다 갈아입었는데 아직 안 보이네."

하루가 고개를 갸웃하더니 풀 사이드를 종종걸음으로 걸어갔다.

상하좌우로 엄청 흔들리네……. 저기만 무중력인가?

잠시 후, 탈의실 쪽으로 간 하루의 목소리가 들려왔다.

"왜 그런 걸 하고 있는 거야!"

"이렇게 하는 게 일반적인 매너라고 생각하는데."

"여기가 공공수영장인 줄 알아──?"

뭐야, 왜 저렇게 옥신각신하는 거지?

안쪽에서 수영모를 쓰고 고글을 한 사람이 나왔다.

누구야?!

어디서 온 수영선수야?!

하루가 뒤에서 수영선수의 어깨를 붙잡았다.

"벗어, 그거. 이상하니까."

"괜찮아, 이렇게 다녀도."

……저거, 타카우지 양인가?

"사야 짱 말이야, 아마도 갈아입은 것까지는 괜찮았는데, 남들 앞에 나가는 게 부끄러워서 얼굴을 가리는 폭거를 저지른 모양이야."

수영선수의 귀가 빨갛다.

"아, 아니야."

정곡을 찔린 모양이다.

입고 있는 건 학교 지정 수영복이다. 성실한 타카우지 양다웠다.

우윳빛 팔과 허벅지. 가슴부터 허리까지 이어지는 선이 매끄러운 곡선을 그리고 있다. 어깨끈을 고치려 하자 그 동작에 맞춰 가슴이 들썩였다.

하루만큼 크지는 않지만, 상당히 훌륭하시다…….

학교 지정 수영복이라 임펙트는 없지만 군더더기 없고 몸매도 좋아서, 수영복 차림의 여자라는 의미에서 완성도가 압도적으로 높았다.

"수…… 수영장은 수영하는 곳이잖아?"

그 변명 같은 말을 듣고서야 나는 정신을 차렸다.

"타카우지 양, 여긴 노는 수영장이고, 물속에서 걷기 운동을 하는 할아버지나 할머니도 없잖아?"

타이르듯이 말하는 사이, 하루가 수영모와 고글을 확 벗겼다.

"앗."

타카우지 양의 검은 머리가 사라락, 하고 가슴께로 흘러내려오며 맨얼굴이 드러났다.

"네에, 안녕하세요~."

하루가 장난스럽게 말하기에 나도 맞장구를 치듯이 "하

이요~" 하고 인사를 건넸다.

눈이 마주치자, 타카우지 양의 뺨이 서서히 붉어졌다.

"아, 안냐세여."

아, 발음 꼬였다.

부끄러움이 배가되었는지 타카우지 양이 부들부들 떨더니 무릎을 끌어안고 웅크려 앉고 말았다.

방어 자세에 돌입한 타카우지 양에게 나와 하루가 말을 건넸다.

"사야짱, 수영복 입은 거 귀엽다."

"응. 잘 어울려."

"······마, 마실 것 좀 사 올게."

타카우지 양은 나에게 등을 돌린 채 일어나 자판기가 있는 쪽으로 걸어가며 엉덩이 쪽에 손가락을 걸쳐 수영복을 바로 잡았다.

"정말이지 손이 많이 가네~."

하루도 그 뒤를 쫓아갔다.

이래저래 돌봐줄 모양이다. 하루라면 나와 달리 잘해줄 거다.

나는 벤치에 앉아 신이 나서 떠드는 동급생들을 바라보았다.

그나저나 하루랑 타카우지 양이 늦네? 벌써 10분 정도 지났는데.

내가 엉큼한 눈으로 쳐다봐서 돌아간 건 아니겠지……?
부정은 못 하겠지만.

만약 그랬다면 하루도 강하게 말리지 않았을 테고…….

매점은 없으니 마실 걸 사려면 자판기에 가야 한다.

풀 사이드에 하나 있었던 것 같아서 두 사람의 상태를
살피러 가기로 했다.

그곳에서는 타카우지 양과 하루가 네 명 정도의 남자에
게 둘러싸여 있었다.

피부가 거뭇하거나 금발 머리이거나 문신을 했거나 하
는 등, 신사적인 집단으로는 안 보였다.

"놀러 왔어?"

"혹시 고등학생?"

"수학여행? 어느 학교에서 왔어?"

남자들은 가볍게, 친근하게 말을 붙였다.

하루와 타카우지 양은 무뚝뚝한 얼굴로 고개를 돌리고
있는 걸 보니 대화에 응할 생각이 없어 보였다.

반응으로 보건대 아는 사이일 리가 없다.

흘끔흘끔, 남자들이 두 사람의 몸을 훑어보는 게 보였다.

그런 시선을 견디기 어려운지, 두 사람 모두 팔로 몸을
감추려 하고 있다.

"마실 거 사서 돌아갈 거야. 비켜줘."

"그래, 좋아. 우리가 사줄게."

"진짜 짜증 나거든?"

타카우지 양과 하루는 노골적으로 혐오감을 표출했지만, 새끼고양이의 반항적인 태도를 즐기기라도 하듯이 남자들은 진지하게 듣지 않고 히죽거리기만 했다.

"여고생의 몸매가 아닌데?"

"사실은 누가 말 걸어주기를 기다리고 있었지?"

"자자, 처음에는 싫을지 모르지만 놀다 보면 즐거워질 거라고~."

"같이 가자~."

금발머리가 타카우지 양의 팔을 잡았다.

"잠깐―― 하지 마……."

헉, 나는 정신이 퍼뜩 들었다.

뭘 멍하니 지켜보고 있는 거야.

후미 선배와 나누었던 대화가 뇌리를 스쳤다.

'1대1일 때는 선수를 쳐서 코를 있는 힘껏 조져요. 그러면 전의가 90% 정도 떨어질 테니까요.'

선배는 그렇게 말했지만, 하루와 타카우지 양이 있다고는 해도 실질적으로 1대4다.

여러 명을 상대할 때의 요령을 들어둘 걸 그랬어!

뭔가 쓸만한 건――.

내가 주변을 둘러보니 쿠사카베 군과 친구들이 레저용으로 보이는 테니스 라켓과 고무공을 사용해 배드민턴 비숫한 걸 하며 놀고 있었다.

"그럼 다음에 떨어뜨린 녀석이 웃기는 짓하기다~? 카하하."

무서운 놀이를 하고 있네.

"쿠사카베 군, 그것 좀 빌려줘!"

"어? 아, 야!"

나는 장난감 라켓과 공을 빼앗아, 집단 중 한 명을 조준했다.

어디에든 응용할 수 있댔지——?

빡빡하게 제대로 된 도구를 사용해야 한다는 소린 말라고——!

"【라이징 스타】!"

나는 공을 던져 있는 힘껏 때렸다.

고무 공은 후오오, 하는 어울리지 않는 소리를 내며 조준했던 금발 머리 남자를 향해 날아갔다.

능력이 제대로 발동해서 번개를 두른 공이 직격한다.

"흐걱?!"

공에 얼굴을 얻어맞은 남자가 풀 사이드에 쓰러졌다.

"야, 야—— 괜찮아?!"

"탓짱한테 무슨 짓이야, 이 자식!"

내가 쓰러뜨린 금발 머리는 탓짱이라고 하는 모양이다.

"시끄러워! 그 애는 지금부터 나랑 놀 거라고!"

고함을 지르자, 나머지 동료들이 나를 노려보았다.

【강심장】 덕분에 하나도 안 무섭다.

하지만 직접 무력을 행사한다면 내가 완전히 불리해진다.

각자의 스테이터스를 살펴보아도 이렇다 할 약점 같은 건 보이지 않았다.

공통적으로 붙어있는 건 【힘 있는 놈에게 따른다】 정도뿐이다…….

"앗군, 무슨 일이야?"

덩치 큰 남학생이 말을 걸어왔다.

앗군? 나 말하는 거야?

얘는 분명 같은 반에 미식축구부인 토무라 군이었다.

"아니, 그냥 좀……."

뭐라고 설명하면 좋을까 고민하던 중, 문득 좋은 생각이 났다.

저 녀석들 【힘 있는 놈에게 따른다】가 있었지……?

숫자는 힘이다.

"토무라 군, 미식축구부 애들 더 있어?"

"있지. 부를까?"

"응."

어~이, 토무라 군이 소리 치자 그 말을 들은 여섯 명이 곧장 이쪽으로 다가왔다.

살기등등한 눈으로 나를 노려보고 있는 남자들과 나의

관계를 듣직한 미식축구부 일곱 명에게 다시 설명했다.

"세, 세가와랑 타카우지를? 우리 학교 투톱을?"

"용서 못 해, 용서 못 해……!"

"세가와는 우리에게조차도 다정한 착한 갸루야."

"타카우지는 모든 남학생의 청량제. 그걸 억지로……."

나는 투지를 끌어올리고 있는 미식축구부를 부추겼다.

"끌고 가게 둘 셈은 아니겠지?!"

""""""오오!""""""

【리더십】덕분에 잔챙이 악당스러운 행동이 완벽하게 성공했다.

문득 남자들에게 시선을 돌려보니, 이미 사라지고 없었다.

"미식축구부가 모인 걸 보더니 쫄아서 저쪽으로 간 것같아."

하루가 도망친 방향을 가리켰다.

"타카우지 양, 하루, 괜찮아?"

두 사람에게 달려가서 묻자, 하루가 V자를 그려 보였지만 손이 떨리고 있었다.

"괘, 괜찮아."

안 괜찮네.

"이럴 줄 알았으면 나도 같이 올 걸."

"자주 있는 일이야."

타카우지 양은 무뚝뚝한 표정으로 말했다.

이쪽은 괜찮아 보인다.

"그건 그렇고…… 표정이 굳어서 원래대로 안 돌아와."

아, 아니구나.

"살짝 무서웠지만 덕분에 살았어. 고마워, 아카리."

"아냐."

"공으로 한 사람 쓰러뜨렸을 땐 무슨 일이 일어난 건가 싶었는데, 멋졌어."

"그, 그래……?"

빙긋 웃어주면 좋았겠지만, 표정이 굳은 탓인지, 아니면 다른 이유가 있는 건지 속마음을 알 수가 없었다.

드디어 【라이징 스타】가 도움이 된 것 같다.

"앗군, 해냈구나."

철썩철썩, 토무라 군이 내 등을 두드렸다. 가볍게 두드린 것 같지만 그냥 아프다.

"일이 잘 풀려서 다행이야."

내가 쓴웃음을 지은 채 말하자 미식축구부 몇 명이 얼굴을 마주 보며 무언가를 확인했다.

"헹가래 치자."

"헹가래?"

내가 의아하다는 투로 말하자 녀석들이 등과 다리를 받치더니 위로 치켜들었다.

완전히 우상화 상태였다.

"뭐, 뭐 하는 거야?!"

"세가와랑 타카우지를 지킨 앗군에게 헹가래를 쳐주자."

"""""오오."""""

"됐어, 괜찮아! 안 해도 돼!"

근육맨들은 거부하는 내 말은 들은 척도 않고 나를 손쉽게 위로 집어던졌다.

"우, 와아아악?!"

잠시 부유감이 느껴지는가 싶더니 모두가 나를 받아주었다.

"앗군―― 앗군――."

나는 자유를 빼앗긴 채 내 이름을 부르는 소리와 함께 허공을 날았다.

"앗군이라고 부르지 마! 쪽팔리니까!"

모두가 주목하고 있다는 게 느껴졌다.

하루가 옆에서 깔깔 웃었다.

표정이 죽어 있던 타카우지 양도 그제야 미소를 되찾았다.

그걸 보니 마음이 놓였다.

"그만 됐어, 그만 됐다고."

그로부터 몇 번 더 헹가래를 당한 후, 나는 위가 아니라 옆쪽으로 홱 내동댕이쳐졌다.

"어푸억?!"

던져진 곳은 공중이 아니라 수영장 물이었다.

"얌전하게 내려놓으면 어디 덧나냐!"

보고 있던 사람들이 와, 하고 웃었다. 와하하하, 미식축구부의 굵은 웃음소리가 울리는 가운데, 타카우지 양도 재미있다는 듯이 입가를 가린 채 웃고 있었다.

터무니없는 짓을 당했네…….

영차, 하고 물에서 나가자 타카우지 양이 미소를 띤 채 말했다.

"딴죽을 거는 타이밍도 표정도, 목소리 크기도 완벽했어."

"평범한 여고생은 그런 기술적인 평가를 하지 않는다고."

타카우지 양도 그런 걸 참 좋아한단 말이야. 뭐, 나도 좋아하지만.

"타카우지 양은 나오미치 씨의 영향을 강하게 받았다는 걸 새삼 깨달았어."

"오빠도 요전에 아까 내가 한 거랑 같은 말을……. 아. 혹시, 지난 주말에 오빠가 전화했어?"

"아, 그래, 맞아. 어떻게 알았어?"

"같은 말을 한 게, 생각나서."

"같은 말?"

"키미시마 군을 칭찬했어."

나오미치 씨가? 왜? 내가 뭐 칭찬받을 만한 일을 했던가?

그런 말을 남긴 후 자유시간이 끝날 때가 다가오자, 타카우지 양과 하루, 다른 학생들은 하나둘씩 탈의실로 돌아 갔다.

그때, 스테이터스가 갱신되었다.

――――――――

· 키미시마 아카리
· 성장 : 급성장
· 특징 / 특기
강심장
라디오 오타쿠
포커페이스
칭찬을 잘함
라이징 스타
각색가
리더십
날카로운 딴죽

――――――――

【날카로운 딴죽】을 새로 익혔다.

조금 전 수영장 물에 던져졌던 일 때문인가 보다.

자유시간이 끝나 교복으로 갈아입고 저녁 식사를 마친 후, 선생님에게 불려갔다.

아무래도 탓짱네랑 싸운 걸 누가 선생님에게 이른 모양이다.

어떻게 전해졌는지는 모르겠지만 일반 손님과 싸운 것 자체가 문제라는 듯했다.

"아니, 저는 저쪽이 타카우지 양이랑 하루를 억지로 끌고 가려고 해서——."

그렇게 말해도 전혀 안 통했다.

대화를 듣고 있던 같은 반 애들이 나를 감싸주었지만, 결정 사항은 변하지 않았다.

뭐, 저쪽이 억지로 끌고 가려고는 했다지만 먼저 손을 댄 건 나니까. 후미 선배의 가르침에 따라 선수를 쳤고, 기습은 완벽하게 성공했다.

나는 얌전히 지시에 따라 준비된 방에서 원고지 두 장을 건네받았고, 반성문을 다 쓸 때까지 감금되었다.

"이런 걸 쓸 때가 아닌데……."

펜 끝으로 원고지를 두드렸다.

개그 메일.

방송은 내일 밤이고 마감은 방송 당일 18시. 내일이 나오미치 씨의 통보로부터 세 번째 주의 방송이다.

그럴싸한 아이디어는 몇 개 떠올랐고, 스마트폰 메모장에 남겨두었다.

하지만 뭔가 아니다. 뭐가 아닌가 생각하다 보니, 눈 깜

짝할 새 오늘이 되고 말았다.

"반성문보다 이쪽이 몇 배는 더 급한데……."

나는 힘없이 한숨을 내쉬었다.

◆ 타카우지 사아야

목욕을 마친 사아야는 혼자 방으로 돌아왔다.

체육복으로 갈아입고 머리카락 때문에 어깨나 등이 젖지 않도록 타월을 두른 채, 달아오른 얼굴에 손부채질하며 냉장고에 넣어둔 페트병의 물을 마셨다.

대욕장까지는 하루가 함께 있었다.

"같이 씻으면서 수다 떨자~ 사야 짱."

그런 말을 하며 들러붙던 하루는 다른 친한 여자애를 발견하더니 친근하게 말을 걸며 타월도 안 두르고 부러운 몸매를 당당하게 드러낸 채 욕장으로 들어갔다.

"바람둥이……."

계속 혼자 있었다면 신경도 안 쓰였겠지만, 둘이 있다가 혼자 남으면 아주 조금 쓸쓸하다.

그 후 혼자 남은 사아야는 완비되어 있던 노천탕에도 사우나에도 들어가지 않고 꺅꺅 떠드는 여학생들을 바라보며 몸을 씻고 실내탕에 들어갔다가 잽싸게 욕장을 빠져나왔다.

같은 방 아이들은 하루 이외에도 두 명이 더 있었지만, 그녀들도 돌아올 낌새가 없다.

소리 하나 없이 잔잔한 방에 혼자 있으려니 서글퍼져서 별로 보고 싶지도 않은 TV를 켰다.

안내 책자를 넘기며 내일 일정을 확인했다.

내일은 조별 자유행동이다.

처음 조를 정할 때는 아카리, 하루, 사야야, 이렇게 셋이었다. 규칙이 느슨해서 남는 인원만 안 나온다면 몇 명이 조를 짜든 상관없었다.

얼마쯤 지나자, 여자 테니스부끼리 뭉쳐 있던 다섯 명에서 히이로가 이적해 와서 최종적으로 넷이 한 조가 되었다.

안내 책자에 적힌 같은 조 멤버를 다시 한번 확인했다.

조장 이름에 키미시마 아카리라고 적혀 있었다.

"아카리 군……."

작은 목소리로 이름을 불러 보았다.

누가 들었을까 걱정되어 주변을 획획 둘러보고는 가슴을 쓸어내렸다.

히이로는 너무도 쉽게 이름으로 부르고 있었다.

그렇게 불러도 되겠느냐고 물어봤을까.

아카리의 경우, 물어보면 거절은 안 할 것 같다.

안 그래도 히이로는 여러 사람과 사이가 좋다.

친해지기 쉬운 성격이기도 하고, 자연스럽게 거리를 좁히는 데 필요한 붙임성도 있다. 타이밍을 보다가 아카리 군이라고 슬그머니 호칭을 바꾼 듯했다.

　일정표에 따르면 지금은 같은 반 남자들의 입욕 시간이었다. 그러고 보니 다른 호칭으로 불렸던 게 떠올랐다.

　"……앗군."

　나직하게 소리 내어 말해보았지만, 이건 부끄러웠다. 떨어지기 시작한 체온이 다시 확 오르는 게 느껴졌다.

　그 앗군으로 말하자면, 지금 별도의 방에 감금되어 있다.

　수영장에서 다른 손님과 문제를 일으킨 탓이다.

　모두 다 저쪽이 잘못한 거라고 사아야와 하루, 다른 학생들이 이런저런 증언을 했지만 먼저 공격적인 수단을 사용한 건 아카리라는 이유로 모처럼 수학여행에 와서 반성문을 쓰는 처지가 되었다.

　"슬슬 끝났을까?"

　시계를 보고 다시 혼잣말을 중얼거렸다.

　TV 속 토크 방송에서 게스트로 출연한 만다리온 멤버 두 명이 이야기하고 있었다.

　『이야, 요전에 말여요, 우연히 파트너인 미츠다랑 밥집에서 딱 마주쳤는디. 고럴 땐 보통 가볍게 고개만이라도 까딱혀서 인사하잖여요? 근디 이놈이, 눈이 마주쳤는디 대놓고 무시를 혀서──』

"요전에 라디오 방송에서 했던 토크의 짧은 버전이구나."

내용을 아는 사아야는 약간의 우월감을 느끼며 차가운 물을 홀짝 마셨다.

그때, 문을 똑똑 두드리는 소리가 들렸다.

화들짝 놀라 엉겁결에 허리를 쭉 폈다.

혹시나, 하는 생각과 함께 문 바깥에 누가 있을까, 하는 상상이 머리를 스쳤다.

아직 젖은 머리카락을 어깨에 걸쳐진 타월로 덮어 허둥지둥 물기를 닦아낸다.

세면대에서 거울을 보고 잽싸게 앞머리를 확인한다.

좋았어.

어흠, 헛기침을 하고서 잠금장치를 열었다.

"으아~. 더워~. 빨리 좀 열지~."

뺨이 달아오른 상태의 하루가 타박타박, 슬리퍼 소리를 내며 들어왔다.

"……."

"왜 그래?"

"……아무것도 아냐."

머리에 타월을 두르고 있는 하루는 어지간히도 더웠는지 체육복 상의를 벗고 캐미솔 차림이 되었다.

하루의 가슴은 욕장에서 뚫어져라 쳐다보고 말 정도로 상당히 컸다. 지금도 캐미솔 사이로 30% 정도는 보였다.

"저러니, 헌팅을 당할 만도 하지."

어이가 없다는 듯이 말하자 하루가 움찔했다.

"에이~. 나 때문은 아니지 않아? 나쁜 건 걔들이잖아~. 엉큼한 표정도 그렇고. 진짜 소름 돋았어."

아까 전 일이 떠올랐는지 하루는 기분 나쁜 개처럼 견치(犬齒)를 내보이며 말했다.

"아니, 누구 탓인지를 따지자면, 사야 짱 탓도 없지는 않잖아?"

윽, 사아야는 말문이 막혔다.

성적으로는 사아야가 훨씬 우수하지만, 이 갸루는 가끔 이렇게 반박할 수 없는 옳은 소리를 한다.

반박할 수가 없다는 게 분해서 페트병을 빈틈투성이인 하루의 다리에 갖다 댔다.

"빠──. 이상한 소리 나왔잖아! 하지 마, 진짜로~."

그렇게 말하면서도 웃는 걸 보면, 이런 장난도 싫지는 않은 모양이다.

하루는 자기 침대에 벌렁 드러눕더니 스마트폰으로 뭔가를 보기 시작했다. 이야깃거리가 없어져서 사아야도 스마트폰을 집어 들었더니, 오빠한테 메시지가 와 있었다.

『키미시마는 메일 보냈냐?』

오빠도 궁금한 모양이었다.

사아야도 진척 상황은 전혀 모른다. 좋은 아이디어는 떠올랐을까.

다음 메일의 마감은 방송 당일 저녁까지다.

답할 내용이 없어서 메시지는 그냥 무시하기로 했다.

또 똑똑 노크 소리가 들려서 하루가 문을 열자 히이로가 들어왔다.

"놀러 왔어~."

"히로 짱, 어서 와."

히이로는 과자와 주스가 담긴 봉투를 들고 비어있는 침대로 가더니 그것들을 휙 내려놓았다.

"여기로 집합~!"

"네에네~."

과자에 낚인 하루가 제일 먼저 그 침대에 책상다리하고 앉았다.

마침 출출했던 사아야도 군말 없이 거기에 끼었다.

신이 나서 내일 돌아다닐 경로를 확인하고 어느 가게에서 점심을 먹을지, 식후 디저트로는 뭘 먹을지에 관한 이야기를 나눴다.

【정크푸드 좋아함】을 지닌 사아야는 달콤한 것도 좋아해서, 스마트폰으로 목적지 근처에 있는 가게들을 알아봐 두었다.

"키미시마 군 없이 정해도 되는 걸까."

"괜찮지 않을까? 아카리는 딱히 의견이 없을 테니까."

"그럼 부르자~!!"

좋은 생각이 떠올랐다는 듯이 히이로가 눈을 빛내며 스마트폰을 조작했다.

"자, 자, 잠깐 기다려, 나토리양! 여긴 여자 방이니 키미시마 군은."

"괜찮아, 괜찮아. 안 들키면 그만이야."

"괜찮지 않아. 지금도 반성문을 쓰고 있는데……."

이 이상 아카리에게 이미지가 안 좋아질 만한 일을 하게 만들고 싶지 않았다.

"아, 그것도 그러네……. 아카리 군도 있으면 재밌겠다고 생각했는데."

히이로가 아쉽다는 듯이 말했다.

사아야가 보기에 히이로는 부러울 정도로 솔직하고 생각한 걸 곧바로 입밖에 내며 행동에 옮길 줄도 아는 여자애였다.

과자를 집어 먹으며 내일 일정에 관한 이야기, 학교 이야기, 아는 커플 이야기 등을 하다 보니 화제가 끊이질 않았다.

"사아야는 좋아하는 사람 있어~?"

자연스럽게 히이로가 그렇게 묻는 바람에 사아야는 순

간적으로 가슴이 철렁해서 어깨를 움츠렸지만 금방 평정심을 되찾았다.

아카리의 얼굴이 가장 먼저 뇌리를 스쳤지만 '친구로서 좋다고 생각하는 거지'…… 라고 머릿속으로 변명을 늘어놓았다.

"지, 지금은, 딱히."

"그렇구나~. 하루는?"

"나, 나? 나는, 그게 저기, 아니, 나랑 어울리는 남자도 없고 지금은 그런 건 됐다 싶어서."

초조한 듯 말을 쏟아내는 하루의 모습은 척 봐도 수상쩍었다.

"히로 짱은 어때?"

"나? 있어."

당당하게 선언했다.

""………….""

그런 히이로의 말에 사아야와 하루는 소란스럽게 굴거나 놀리거나 꼬치꼬치 캐묻지 않고 침묵했다.

누구일지 너무도 뻔했기 때문이다.

"헤, 헤에…… 참고로, 어떤 사람이야?"

누구인지 구체적으로 묻지 않는 것만 봐도 하루가 얼마나 사람을 대하는 데 능숙한지를 알 수 있었다.

구체적으로 물었다면 가볍게 답했을 거다.

"있잖아. 노력가야. 늘 열심이고. 그런 면이 좋은 것 같아서. ⋯⋯이야, 꽤 쑥스럽네, 네가 꺼낸 이야기이긴 하지만."

히이로는 에헤헤, 웃더니 쑥스러움을 얼버무리려는 듯이 페트병에 든 주스를 마셨다.

그런 그녀를 보면 솔직하게 귀엽다는 생각이 들었다.

그녀를 좋아하는 남자는 꽤 많을 거다.

사아야는 따끔, 따끔, 누군가가 바늘로 부드러운 부분을 찌르는 듯한 기분이 들었다.

"아. 그러고 보니, 나도 좋아하는 건 아니지만, 신경 쓰이는 사람이 있었어. 신경 쓰이는 것뿐이지만. 어디까지나. 좋아하는 게 아니고."

굳이 거듭 부정하는 것이 너무도 수상쩍었다.

"그래? 어떤 사람인데?"

"그 사람은, 다른 사람을 좋아해서, 나는 상담만 해주고 있는데. 기본적으로 좋은 녀석이야."

난감한 듯 웃는 하루의 미소가 두 사람의 마음을 저릿하게 만들었다.

"힘들겠다⋯⋯."

"불쌍한 하루⋯⋯."

기분이 이상해진 두 사람이 하루를 살며시 끌어안았다.

"그런 거 아냐. 그냥 신경이 쓰이는 것뿐이라고."

계속해서 부정하며 하루는 두 사람을 떼어냈다.

"나라면, 상대가 정말 좋으면 그냥 돌진할 텐데."

그 상황에 자신을 대입해 본 히이로가 나직하게 말했다.

"그냥 돌진……."

하루는 순간 불이 꺼진 듯이 무표정한 얼굴이 되더니, 이내 환하게 웃었다.

"히로 짱은 멧돼지처럼 돌진하는 타입이네."

"꿀꿀~."

"진짜 돼지가 되면 어떡해."

두 사람은 깔깔 웃었다.

그 후, 하루가 난감하다는 듯한 미소를 짓더니 사아야를 흘끔 쳐다보고서 입을 열었다.

"처음 상담을 해줄 때는, 가망도 없고 무리잖아, 라고 생각했지만 잘하면 기회가 있을지도 모르겠다는 생각이 들 정도는 되어서——. 응……."

"세가와 양."

"하루."

두 사람이 또 하루를 꼭 끌어안았다.

"됐어, 그만해! 이 분위기 뭔데."

쑥스럽다는 듯이 하루가 어깨를 들썩였다.

"가장 경험이 많을 것 같은 하루가 너무 순수해서, 너무 좋아."

"그래그래, 나도야~."

귀찮다는 듯이 하루가 히이로의 말을 받아주었다.

"사야 쨩은, 있지 않아? 신경 쓰이는 사람 정도는."

하루가 확신에 찬 말을 던져왔다.

"윽."

"말해봐, 확 말해버려~."

그에 편승해서 히이로가 부추겼다.

"좋아하는 사람은, 없어……. 그냥, 그래…… 친구로서, 좋은 관계를 이어가다 보면…….."

어쩌면 사랑으로 발전할지도 모른다.

그렇게 생각은 했지만, 입밖에 내기가 부끄러웠다.

"그거 나잖아! 사야 쨩, 나 좋아해?"

"세가와 양은, 누구와도 친하잖아. 난…… 그런 건."

"사아야 섭섭한가 봐!! 하루가 다른 애랑 친하게 지내서!"

곧장 핵심을 찌르는 바람에 순간적으로 반박할 수가 없었다.

"엥~? 귀여워어어어어?! 질투했구나?!"

갑자기 자신을 따르기 시작한 고양이를 보듯이 하루가 눈을 빛냈다.

"아, 아니야."

""그렇구나~.""

아니라고 해도 두 사람은 전혀 믿지 않고 사아야를 따뜻한 눈으로 지켜보았다.

7 심야의 두 사람

관광지 중 하나인 항구 마을까지 열차를 타고 이동한다.

우리 조 말고도 목적지가 같은 학생들이 열차에 드문드문 보였다.

"구운 카레라는 게 유명하대."

넷이 앉을 수 있는 박스형 좌석* 건너편에서 하루가 다리를 꼰 채 스마트폰을 보며 말했다.

"점심 먹을 가게는 미리 정해뒀는데—— 여기야."

옆에 앉은 나토리 양이 스마트폰에 표시된 가게의 정보를 보여주었다.

"그렇구나."

지도 앱에는 리뷰며 가게 사진, 메뉴 등이 실려 있었다.

"우리끼리 정해버렸는데, 괜찮겠어……?"

대각선으로 맞은편에 앉은 타카우지 양이 불안한 투로 물었다.

"괜찮아. 전혀 상관없어. 나는 어느 가게에 가고 싶다거나 하는 게 별로 없었으니까."

"이것 봐, 맞지?"

알고 있었다는 듯이 하루가 말하며 다리를 풀어 반대쪽으로 꼬았다.

루트 자체는 미리 정해두었지만 아무래도 어젯밤에 갈

---

*2열의 좌석이 서로 마주 보게끔 되어 있는 좌석.

가게까지 정한 모양이다.

그 자리에 불러주었으면 좋았겠지만, 어제는 그럴 상황이 아니었다.

반성문을 다 쓴 후에는 방에 아무도 오지 않는 걸 이용해, 그대로 끙끙대며 개그 소재를 짜내고 있었다.

"아카리 군, 아카리 군, 방금 바다 보였어!"

나토리 양이 저기 봐, 라고 하며 창가에 앉은 나한테 기대다시피 몸을 내밀고 창밖을 가리켰다. 같은 호텔의 욕장에서 같은 샴푸와 린스를 썼을 텐데 어째서 나와 달리 무진장 좋은 냄새가 나는 거지?

"키미시마 군이 난감해 하잖아."

타카우지 양이 나토리 양을 휙 잡아당겨서 제대로 앉게 했다.

"아, 미안해. 나도 모르게 신이 나서."

나토리 양이 에헤헤, 하고 웃었다.

"그 가게 다음에는 해변 구경 좀 하고, 그다음에 열차로 도시 쪽으로 돌아와서——."

의외로 딱 부러지는 성격의 하루가 오늘 돌아다닐 루트를 확인하듯이 중얼거렸다.

종착역에 내리자 세 여자는 복고적인 분위기가 감도는 승강장과 역사를 찰칵찰칵 찍어댔다.

"완전 멋지다. 신나~!"

"분위기 좋다~!"

"……."

말은 없었지만, 타카우지 양도 어쩐지 만족스러운 얼굴
이었다.

꼼꼼히 조사를 해둔 하루가 스마트폰의 지도 앱을 보며
우리를 이리저리 데려가 주었다.

"군더더기가 없네."

"이런 건 효율이 중요하다고 생각하거든."

갸루한테 효율이 어쩌니 하는 말을 듣고 싶지는 않은데.

그 후, 건물을 구경하고 미리 정해둔 가게에서 명물 요
리를 먹기도 하고 예정대로 도시로 돌아왔다. 그러자 자유
시간이 두 시간 정도 남았다.

역 구내에 있는 선물 가게에 들어가서 이것저것 구경하
던 중, 누군가 이름을 불렀다.

"키, 키미시마 군, 이거, 어때?"

타카우지 양이 긴장한 얼굴로 봉제인형을 가리켰다.

명물을 본떠 만든 이 지역의 마스코트 캐릭터로, 이름은
모르지만 애교 있는 얼굴을 하고 있었다.

"괜찮아 보이네."

【외로움쟁이】라 인형 같은 것을 좋아하는 걸지도 모른다.

"참고할게."

참고? 내가 추천한 정도로는 확정할 수 없다는 뜻일까.

그 후 몇몇 가게를 구경하며 한 바퀴 돌고서 호텔에 돌아가려던 순간, 한 사람이 없다는 사실을 깨달았다.

"어라, 타카우지 양은?"

"화장실 간 거 아냐?"

"나, 아까 갔었는데, 없었어."

셋이 주변을 찾아보았지만, 모습이 보이지 않았다. 하루가 연락을 취하려 했지만 이내 고개를 가로저었다.

"반응이 없어. ……사, 사야 짱이 미아가 됐나 봐!"

"어디 간 거지……?!"

"길을 잃은 거라면 그나마 낫겠지만, 어제처럼 이상한 남자들이 말을 걸고 억지로 끌고 가서 밤에 하는 일을——."

"아카리, 망상이 징그러워."

"그런 만화도 있다고!"

"아니, 만화 속 얘기잖아."

"그건 그러네."

금방 냉정해졌다.

하지만 연락해도 받질 않으니 걱정이다.

스마트폰은 꽤 자주 만지는 타입이니, 그러다 문득 봤다면 그쪽에서 연락을 해줄 법도 한데——.

전화가 온 걸 못 알아챘다? 못 알아챘다면…….

"사야 짱, 연락 좀 해줘~, 라고 보냈어."

하루가 메시지를 보내는 동안, 나토리 양이 "난 다른 데

보고 올게!"라고 하며 달려갔다.

"나도 찾으러 다녀올게. 돌아올지도 모르니까 하루는 거기 있어!"

하루가 뭐라 말을 하기 전에 나도 걸음을 재촉했다.

떨어진지 10분 정도밖에 안 됐으니 그렇게 멀리 가지는 못 했을 거다.

커다란 터미널역*은 관광객과 회사원, 현지 대학생, 고등학생 등의 사람들로 북적거렸다.

그런 미소녀가 오도카니 있으면 어제처럼 헌팅당하는 일을 피할 수 없을 거다.

무조건 이상한 남자가 말을 걸어올 것이다.

너무 걱정된다.

어제처럼 만일의 사태가 벌어지면 내가 타카우지 양을 지키는 수밖에 없다.

슬슬 저쪽에서는 학교가 끝날 시간이다. 전화하면 받아줄까.

스마트폰을 꺼내 통화 버튼을 눌렀다. 그러자 금방 통화 개시라는 표시가 떴다.

"아. 받았다. 여보세요, 후미 선배! 수고하십니다."

『수고 많아요~. 무슨 일이에요~?』

목소리만 들으면 말투와 목소리 톤 때문에 마음이 푸근

---

*여러 노선이 교차하는 지점에 위치했으며 열차나 버스 등의 시발점이 되는 지역거점 같은 역.

해지는 사람이다.

"여러 명과 싸울 때는 어떻게 하면 되나요?"

만일에 대비해 지식만이라도 알아두고 싶다.

『문제가 생겼나요?! 싸울 생각인가요?!』

무진장 기대하는 목소리네. 눈을 빛내고 있는 모습이 보이는 것만 같다.

"그렇게 될지는 모르겠지만 만약을 위해서요."

글쎄요~. 후미 선배는 생각하듯 잠시 침묵하다가 말했다.

『쇠 파이프는 있나요?』

없어.

『1대 다수라면 무기를 쓰는 걸 추천하겠어요. 기본이라고요, 기본.』

"어디에 나오는 무엇의 기본인데요."

『사거리가 길고 튼튼한 거면 무기가 되니, 가져가거나 찾아내거나 하세요.』

"그렇게 물리적인 거 말고…… 마음가짐 같은 건 없어요?"

통화를 하는 동안에도 눈으로는 타카우지 양을 찾았는데, 도통 보이질 않았다.

『마음가짐요? 으음. 1대 다수라고 생각하지 말고 1대1이 여럿이라고 생각하는 게 좋아요. 그러니 1대 다수는, 1대1의

응용이라고 생각해 주세요.』

"그렇군요."

『우선은 선수를 쳐서 처음 한 명을 쇠 파이프로 있는 힘껏 조져요.』

결국 그렇게 되는 거?

『그렇게 조지는 걸 본 상대가 전의를 상실할 가능성이 있어서 첫 번째 상대는 특히 중요하니, 적당히 고통을 줘야 해요. 물론 킬하면 안 되고요.』

게임 이야기를 하듯이 가볍게 킬한다는 소릴 하지 말라고.

"아, 이제 됐어요. 감삼니다."

톡, 통화 종료 버튼을 눌렀다. 여전히 무서운 사람이었다.

그런 상황이 되지 않기를 기도하며 나는 역 안을 뛰어다녔다. 이상하다는 시선을 받아도 개의치 않았다.

하지만 타카우지 양의 모습은 보이지 않는다.

네 명이 만든 단체 채팅방에도 소식이 없고, 타카우지 양의 답변도 없었다.

진짜 어디로 간 거야.

숨을 고르며 일단 정리를 해보았다.

마지막으로 본 건 선물 가게였다. 그렇다면 그렇게 멀리 가지는 않았을 걸로 예상된다.

타카우지 양이 무사해야 할 텐데.

체육복 차림의 타카우지 양, 스터디 모임 때 브래지어가

흘끔 보였던 타카우지 양, 학교 지정 수영복 차림의 타카우지 양…….

아니, 왜 순간적으로 떠오르는 게 죄다 에로한 장면들인데. 나 자신에게 실망했다.

"스터디 모임……?"

그런 경우는 별로 없었지, 타카우지 양. 팬티가 슬쩍 보이는 경우도 별로 없고. 상당히 주의하고 있는 것 같으니까.

그때는 공부에 집중해서…… 그래, 타카우지 양은【고집중력】을 지녔다.

무언가에 너무 집중하면 주변이 보이지 않게 된다.

낯선 곳이지만 타카우지 양의 흥미를 강하게 끌 듯한 장소——.

지도 앱을 보다가 문득 알아챘다.

"혹시 여기 있는 건 아닐까……."

분명 그렇게 멀지 않고, 타카우지 양이라면 갈 만한 곳이다.

단체 채팅방에 『알아낸 것 같아』라는 메시지만 남겨둔 후, 나는 달려 나갔다.

3분 정도 만에 도착한 그곳은 역 건물 3층의 탁 트인 공간으로, 저녁 무렵이 되자 샐러리맨과 여성들이 그곳에서 휴식을 취하고 있었다.

안쪽에는 라디오 부스가 있었다. 지금 들리는 이 라디오를 방송하고 있는지, 부스 안에서는 헤드폰을 한 여성 진행자가 말하고 있다.

그리고 그 모습을 어린애처럼 눈을 빛내며 바라보는 타카우지 양이 있었다.

"타카우지 양, 찾아다녔어."

"키미시마 군."

마법이 풀린 것처럼 정신을 차린 타카우지 양은 그제야 상황을 알아챈 듯했다.

"아. 내가……."

큰일이라는 듯이 눈살을 찌푸리며 스마트폰을 확인하려 했지만, 화면이 깜깜했다.

"전원이 꺼진 것 같아."

하아, 나는 안도의 한숨을 내쉬었다.

"어쩐지 반응이 없더라. 걱정했어."

"미안해. 금방 돌아갈 생각이었는데……."

나는 반성하며 눈을 내리깐 타카우지 양의 머리를 가볍게 손날로 내리쳤다.

"아얏."

"진짜로 걱정했어. 어제처럼 이상한 남자가 들러붙었으면 어쩌나, 싶어서."

슈슈슉…… 타카우지 양이 점점 작아……지는 것처럼 보였다.

"찾으러 와줘서, 고마워."

"아냐. 아무튼 다행이야. 아무 일도 없어서. 멋대로 떨어지지 마."

타카우지 양이 옷의 가슴께를 꼬오오옥 잡더니 눈을 홉뜨고서 고개를 끄덕였다.

"네, 네…… 안 떨어질게요……."

웬 존댓말?

나는 단체 채팅방에 타카우지 양을 찾았다고 보고했다.

"돌아가자. 애들이 기다려."

타카우지 양은 순간적으로 아쉽다는 듯이 부스를 쳐다보고는 걸음을 떼었다.

"선물 가게에 들어가기 전에 눈에 들어와서. 심지어 지금 방송하고 있는 것 같더라고……. 정신을 차리고 보니, 어느새. ……미안해. 민폐를 끼쳤어."

이 이상 나무라지는 말자. 나도 감정이 격해져서 너무 강하게 말했던 것 같으니까.

"내가 말하자니 좀 이상하지만, 용케 찾아냈네."

"라디오 부스가 근처에 있다는 걸 알았으니까. 있을 만한 곳은 거기뿐이라고 생각했어."

"내 속을 꿰뚫어 본 거구나."

"타카우지 양이라면 분명 거기 있을 것 같아서."

"그건 키미시마 군도 마찬가지잖아."

키득키득, 타카우지 양이 웃었다.

"키미시마 군만이 날 찾아내준 거구나."

"어?"

되묻자 타카우지 양이 고개를 홱 돌렸다. 저쪽에서 하루와 나토리 양이 손을 흔들고 있었다.

합류하려고 걸어가던 중, 타카우지 양이 살며시 물었다.

"개그 메일, 괜찮아?"

"……아니, 솔직히 말해서, 별로."

"내가 봐줄 수도 있지만…… 그런다고 해서 채택되는 건 아니니까……."

그렇다. 그게 가장 어려운 부분이다. 자주 채택되는 '우지차' 님조차도 보낸 수에 비해 확률이 낮다고 하니 말이다.

업계에서도 유명한 라디오 방송이다. 메일 격전구란 말이 괜히 붙은 게 아니다.

"개그니까 중요한 건 다른 사람을 즐겁게 하는 거야. 그리고 사실을 적을 필요는 없어."

그런 조언을 해주었다.

"사람에 따라 다르겠지만, 나는 손으로 직접 쓸 때 아이디어가 더 잘 떠올라."

그러고 보니 그랬다. 개그 수첩으로 사용하는 노트를 타카우지 양은 가지고 있었다.

"참고해서 노력해 볼게."

"응."

떠오르지 않아서 스마트폰에 메모하는 쪽으로 바꾼 거지만. 방법을 다시 바꿔볼까.

"나 참~. 멋대로 행방불명되는 거 금지~."

"금방 찾아서 다행이야~."

하루는 투덜투덜 불평했고, 나토리 양은 환하게 웃었다.

"걱정 끼쳐서 미안해."

"또 그러면 옷 위에서라도 젖꼭지 꼬집을 거야."

"꼬집겠다니, 세가와 양, 어디 있는 줄 알아?"

의아하다는 듯이 타카우지 양이 고개를 갸웃하자 하루가 둘째손가락을 뻗어서 가슴을 콕, 하고 찔렀다.

"꺅."

"여기지?"

"윽……."

타카우지 양이 고개를 홱 돌리자 긴 머리카락이 찰랑 흔들렸다.

"모, 몰라."

""맞나 보네~.""

하루와 나토리 양이 히죽히죽 웃었다.

뭐 하는 거야.

드디어 모두 모인 우리는 호텔로 돌아갔다.

다음 예정까지는 시간이 있어서 나는 방에 있는 탁자 위에 노트를 펼쳐놓았다.

"아날로그적인 방법으로 되돌려서 금방 떠오른다면 얼마나 좋겠어—— 응?"

필통에서 샤프를 꺼내려던 그때, 후미 선배에게 빌린 【도박사의 샤프】가 눈에 들어왔다.

"이건…….''

선택지 중에서 답을 고르기 쉽게 해주는 샤프.

혹시——.

스마트폰에 메모했던 소재를 하나씩 적어서 【도박사의 샤프】로 바꿔 쥐어봤지만, 반응이 없다.

지난주 방송에서 인상적이었던 개그를 떠올리며 적어보니, 자력이라도 발생한 듯이 그 문장 위에서 슥 하고 멈췄다.

공부 중에 반응이 있는 선택지를 골랐을 때의 정답률은 정확히 50%였다.

혹시 여기에도 통하지 않을까?

"내가 생각한 개그 중, 만약 반응이 있으면 50%의 확률로 채택이 될 거라는 뜻 아닐까?!"

재미라는 애매모호한 잣대가 판단 기준인 개그 메일.

당연히 어떤 사람한테는 재미없고, 어떤 사람한테는 재미있을 수밖에 없다.

그래서 무엇을 기준으로, 어떻게 생각하면 될지 전혀 감이 오지 않았다.

하지만 드디어 길이 보이기 시작했다.

이제 반응할 때까지 마구 적어나갈 뿐이다.

세 개, 네 개, 계속 적어나갔지만 【도박사의 샤프】는 반응하지 않았다.

공감을 부를 만한 일상 개그, 야한 개그, 이해 못 하는 사람은 버리기로 한 특정 장르의 개그, 여러 종류를 적어봤지만 도통 반응이 없다.

"그러고 보니……."

조금 전에 타카우지 양이 했던 말이 떠올랐다. 사실을 적을 필요는 없다.

나에게는 【각색가】 항목이 있다.

일을 부풀리거나 거짓말도, 사실도 아닌 걸 말하는 데 능하다.

어째서 지금까지 【각색가】가 있다는 사실을 잊고 있었던 걸까.

더불어 이번 수학여행에서 【날카로운 딴죽】을 얻었다.

재미있으면 그만이고 사실을 있는 그대로 적을 필요는 없다.

【각색가】로 떡밥을 뿌리고, 그걸 【날카로운 딴죽】으로 마무리──.

이렇게 하면…….

떠오르는 대로 펜을 놀렸다.

다시 읽어도 재미있는 것 같으면서 별것 아닌 것 같다…….

"개그를 글로만 보면 재미없는 경우도 있다고 타카우지 양이 그랬지."

같은 반 남자애들이 개그 수첩을 보고 비웃었을 때, 그런 말을 했었다.

라디오 방송은 진행자가 그걸 읽는다. 읽는 요령도 필요하고, 방송의 흐름에 따라 재미있게 들리는 개그도 잔뜩 있다.

【도박사의 샤프】를 가져다 대자, 드디어 반응이 있었다.

"와, 왔다……!"

하지만 확률은 반반. 채택되지 않을 가능성이 50%나 된다.

쓰고 쓰고 또 쓰는 수밖에 없다.

같은 방을 쓰는 애들이 돌아왔을 즈음에는 어찌어찌 반응이 있는 개그를 세 개 지어낼 수 있었다.

"키미시마~. 곧 밥 먹을 시간이야. 먼저 가 있는다."

"아아, 응."

건성으로 대답을 한 나는 문득 알아챘다. 밥 먹을 시간이구나. 아. 마감 시간 거의 다 됐네!

시계를 보니 5분 남았다.

나는 겨우 지어낸 세 편의 개그를 메일 본문에 입력해

한 통씩 보냈다.

저녁 식사 회장으로 향하던 도중이었다.

타카우지 양을 발견해 말을 걸려던 그때, 다른 남학생이 먼저 말을 걸었다.

타카우지 양은 의아해했고 남학생은 진지한 표정이다.

잠시 대화한 후, 타카우지 양이 고개를 끄덕였다. 긴장한 얼굴의 남학생은 가볍게 고개 숙여 인사하고서 떠나갔다.

저건 아무리 봐도······.

고백이다.

떨떠름한 마음으로 나는 멀어져 가는 타카우지 양을 배웅했다.

타카우지 양이 현재 사귀는 사람이 없다는 사실을, 우리 학교 남학생 모두가 알고 있다.

키도코로 선배가 나와의 대결에서 패하고서 아직 한 달 정도밖에 안 됐다.

다른 남학생들의 입장에서 보면, 타카우지 양은 그 후 아직 누구와도 사귀고 있지 않다고 단언할 수 있는 상태다.

"어, 어쩌지······."

받아들이는 건, 아니겠지······?

"왜 머리를 싸쥐고 있어?"

목소리를 듣고 시선을 들어보니 하루가 있었다.

"타카우지 양, 고백받나 봐."

"아~. 오늘이 수학여행 마지막 날 밤이니까~. 타이밍이 딱 좋아서 그러는 거 아닐까?"

"좋지 않아."

"그럼 아카리도 고백하면 되잖아."

"배짱 좀 생겼다고 성공률이 올라가는 게 아니라고."

【강심장】이 있는 것과 타카우지 양의 호감도는 별개다.

최근 사이가 좋아지기는 했지만, 아직 이른 것도 같다.

실패를 각오할 수는 있어도 실패하고 싶은 건 아니기 때문이다.

"내가 나오미치 씨에게 받은 과제를 하는 동안 이런 일이……!"

"나오미치 씨? 과제? 그게 무슨 소리야?"

그러고 보니 말을 안 했네.

나는 요전에 있었던 일을 하루에게 알려주었다.

나오미치 씨는 전직 개그맨이자 라디오 스태프이기도 한 타카우지 양의 오빠이고, 어떤 사정으로 타카우지 양은 고등학교에서 이성과의 교우관계를 금지당했다고.

시스콘이 너무 심하지 않아?

뭐, 나이 차이 나는 여동생이 저런 미소녀이니 걱정이

될 만도 하지만.

"그래서 나오미치 씨가 나와의 관계를 인정할 수 없다면
서, 라디오 방송에서 개그 메일이 채택되면 인정해 주겠
대. 그리고 방금 그걸 다 보낸 참이고. 오늘 채택되지 않으
면 큰일 나……."

"사야 짱도 오빠한테 아카리와의 관계를 인정받고 싶어
한다는 뜻이야?"

"아마도."

"그거 말이야, 뭔가 거의…… 결혼……."

"응?"

하루는 아무것도 아니라며 고개를 가로저었다.

"타카우지 양은 둘째 치고 내가 인정받고 싶어. 존경하
는 사람에게 잔소리를 들으면서 생활하기는 싫을 테고, 타
카우지 양이 괴로워하지 않았으면 하니까."

"약속을 어긴 셈이든 아니든, 사야 짱은 누가 뭐라고 한
정도로……."

하루는 중간에 입을 다물었다.

"뭐, 아카리가 그렇게 하고 싶다면, 해보든가."

"어엉?"

평소와 다른 매정한 말투에서 나는 위화감을 느꼈다. 하
루는 잠시 고민하더니 불쑥 말했다.

"나, 생각을 해봤는데, 상담 상대 관둘래."

"어? 왜?"

갑작스러운 선언에 나는 눈만 깜박거릴 따름이었다.

"아카리는 날, 편리한 여자라고 생각하지?"

"그렇게 생각 안 해."

"나한테도 이런저런 사정이 있다고 해야 할지. ⋯⋯아
니, 이제 상담 같은 거 안 받아도 괜찮을 것 같은걸."

아니, 전혀 안 괜찮은데?

하루는 어쩐지 속이 시원하다는 듯한 미소를 지어 보였다.

무슨 말을 해도 결심이 흔들리지 않을 듯했다.

"근데 하루는 잠깐 보자고 불러내는 애들 없어?"

"그럴 것 같은 분위기를 풍기는 남자들한테는 벌써 '무리
야'라고 말해뒀어."

분위기로 알아채는 건가, 이 녀석.

"아. 혹시~? 아카리는 나를 다른 사람한테 빼앗길까 봐
걱정한 거야~?"

히죽히죽 웃으며 하루가 나를 팔꿈치로 찔렀다.

"안 했는데."

"좀 해."

퍽, 걷어차였다.

"으음, 오늘 밤이었던가? 아카리의 메일이 채택될지도
모른다는 거. 늦게까지 안 잘 것 같으니까 들어볼게."

회장에 들어서자, 하루는 자신의 자리가 있는 쪽으로 걸

어갔다.

저녁 식사 시간이 끝난 회장에서는 남자들이 타카우지 양의 옆으로 몰려가서 순서대로 이야기하고는 떠나갔다.

하루가 말했듯이 수학여행 마지막 날 밤은 타이밍이 딱 좋다고들 여기는 모양이다.

"타카우지 무쌍?"

"오늘 밤인가 보네."

"패배자의 시체가 즐비하겠군……."

나뿐 아니라 다른 남학생들도 주목하고 있었는지, 그 대량 고백과 대량 거부 광경을 무쌍이라고 표현하고 있었다.

제발 그랬으면.

귀를 쫑긋 세우고 있던 남학생이 "오늘 22시, 로비래"라면서 전장을 알려주었다.

어제 반성문을 쓰고 개그 소재를 생각하고 있던 탓에 나는 그제야 중요한 사실을 알아챘다.

그것은 입욕 시간이 끝났을 즈음이다.

그렇다면 아마도 갓 목욕을 마쳐서…….

아직 젖은 머리카락과 유카타 차림…….

아니, 엄밀히 말해서 유카타 차림은 아닐 거다. 호텔에서 제공하는 잠옷도 있고. 아니, 그 이전에 학생들은 체육복 차림으로 다니게 되어 있으니까.

하지만 갓 목욕을 마친 상태라고 하면 아무래도 유카타 차림을 상상하게 된다.

타카우지 양이 하루, 나토리 양과 함께 회장을 뒤로했다.

나도 방으로 돌아갔다가 조마조마한 마음으로 같은 방 남학생들과 함께 욕장에 갔고, 방으로 돌아와 보니 어느덧 그 시간이 다가와 있었다.

철컥, 문을 열고 방에서 나간다. 다른 녀석들이 어디로 가는지 묻지 않아서 다행이었다.

엘리베이터에서 1층 로비까지 내려가 상황을 살펴보니, 번듯한 안뜰이 보이는 커다란 유리창 앞에 타카우지 양이 있었다.

체육복 차림에 예상한 대로 갓 목욕을 마친 탓인지 머리 카락은 약간 젖었고 뺨도 조금 붉었다.

휴식을 취할 수 있도록 소파와 테이블이 비치되어 있고, 그중 하나에 앉아 시계를 쳐다보고 있다.

남학생 집단이 옆을 스쳐 지나간다. 하나같이 긴장된 표정인 데다 말이 없었다.

설마 저게 그건가?

하나, 둘, 셋…… 열두 명?! 뭐가 저렇게 많아.

연필 한 다스(12개) 분량의 남학생이 한데 뭉쳐서 타카우지 양에게 고백하려 하고 있어?!

그들을 발견한 타카우지 양이 일어났다.

막상 때가 되자 용기가 안 나는지, 열두 명의 남학생이 우물쭈물하기 시작했다.

"너, 너 먼저 해."

"나, 난, 네 번째야."

"난 마지막."

1번 타자 자리를 서로 양보하려는 광경을 타카우지 양이 진짜로 관심 없는 듯한, 무표정을 넘어선── 표정이 죽은 얼굴로 바라보고 있다.

"내가 처음에 말해서 오케이 하면 너흰 그 시점에 끝나는 거다?"

"내가 처음으로 할래."

"아니, 내가."

"아니아니, 일단은 내가."

"그럼 내가 하지, 뭐."

"""""그래그래."""""

지금 무슨 만담 하냐. 얼른 고백하라고.

어어어어어엄청 한심하다는 듯이 타카우지 양이 한숨을 내쉬었다.

만약 내가 고백하기 전에 상대가 저런 태도를 보인다면, 아마 죽을 거다. 포상이라고 느끼는 녀석도 있을지 모르지만 나는 그렇게 생각할 수가 없다.

"저기, 한마디 해도 될까?"

쩌적~ 순식간에 남자들 사이에 긴장감이 퍼졌다.

"너희들에게는 딱히 관심이 없어. 그런 말을 하러 여기 온 거라면 미안해. 아마 나는 너흴 좋아하게 되지 않을 거야."

푸욱.

나는 가슴을 부여잡고 무릎을 꿇었다.

멋대로 감정이입하고 멋대로 충격을 받았다.

눈앞에 있던 남자들도 마찬가지인지, 모두 단칼에 썰려 나갔다.

그중 한 남학생이 입을 열었다.

"아, 아직 아무 말도 안 했잖아."

추하기 그지없는 변명이었다.

"그럼 뭔데? 빨리 말해."

"그, 그건, 이쪽이 하고 싶을 때 할 거야……."

벌써 차였다고.

칼에 맞은 것도 모르는 거야? 타카우지 양의 솜씨가 얼마나 달인 같았으면 저러는 걸까.

타카우지 양은 【고집중력】이 있어서인지, 반대로 관심 없는 것에 대한 반응은 제로도 마이너스도 아니고 '무(無)' 인가 보다.

"할 말 없으면 갈게."

타박타박, 타카우지 양이 그 자리를 떠났다. 그리고 그러던 중, 아직 대미지 때문에 움직이지 못하고 있던 나와 눈이 마주치고 말았다.

내가 걱정돼서 엿보러 왔다는 걸 들키게 생겼어……!

"키, 키미시마 군…… 어, 어째서 여기에?"

"아니, 저기 그게……."

머리를 풀가동해서 변명거리를 생각했다.

"혹시, 키미시마 군도 저 사람들이랑 마찬가지로……. 어, 어…… 어떻게 할까……. 좀 더 인적이 드문 곳으로 가는 게 좋을까……?"

타카우지 양은 쑥스러운 얼굴로 가슴 앞에서 손을 꼭 쥔 채 안절부절못했다.

아. 오해하고 있네.

내가 고백하러 왔다고 생각하고 있어!

"내가 아까 관심 없다고, 좋아하게 되지 않을 거라고 한 건, 저 사람들 이야기고——."

"아니아니아니아니아니아니, 진짜 아니야. 정말로. 그런 거 아니야! 오해야 오해. 난 그런 저길 하러 온 게 아니야. 진짜로. 우연히 지나가던 것뿐이라고."

편승해서 고백하러 온 녀석으로 보이고 싶지 않았고, 고백한들 좀 전의 남학생들과 결과는 같을 거다.

내가 열심히 오해를 바로잡으려 하자, 타카우지 양의 생기 어린 예쁜 눈동자에서 빛이 사라지고 새침한 얼굴이 자

리 잡았다.

"아…… 그래."

어라? 생각했던 것과 반응이 다른데?

"그럼 뭐 하고 있는 거야? 곧 소등 시간인데. 반장이 이런 데서 어슬렁거리면 어떡해."

"……어라, 화났어?"

"전혀. 딱히. 어딜 봐서?"

입술을 'ㅅ'자로 일그러뜨린 채 부루퉁해져 있어서, 타카우지 양은 완전히 기분이 상한 듯 보였다.

하지만 타카우지 양의 말대로 소등 시간이 거의 다 됐는데 어슬렁거리는 건 좋지 않다.

엿보러 왔다는 건 안 들켰으니 슬슬 방으로 돌아갈까.

"개그 메일, 무사히 보냈어. 조언 덕분에."

"그거 다행이네."

"괜찮으면 말인데, 같이 듣지 않을래? 오늘 밤에 여기서."

번듯한 안뜰에는 조명이 곳곳에 켜져 있어서 정원을 아름답게 비추고 있었다.

"다, 당연히 안 되지. 무슨 소릴 하는 거야……."

타카우지 양은 머리카락을 지분거리며 시선을 피했다. 그리고 스마트폰을 들고 뭔가를 조작하자, 내 스마트폰이 진동했다.

살펴보니 타카우지 양이 메시지를 보낸 거였다.

『오케이.』

"말이랑 따로 놀잖아."

화면을 보고 딴죽을 걸고서 고개를 들어보니, 타카우지 양은 이미 종종걸음으로 자리를 뜬 뒤였다.

조금 전까지 깨어 있던 같은 방 남자애들이 잠든 늦은 밤. 내 기준으로는 아직 자기에 이른 시간이었다.

개그 메일의 완성도는 솔직히 말해서 잘 모르겠다. 지난번, 지지난번에 비하면 나을지도 모르지만, 채택될 자신은 없었다.

이제 15분 정도 후면 방송이 시작된다.

나는 고른 숨소리를 내는 애들이 깨지 않도록 침대에서 빠져나와 스마트폰을 주머니에 넣고 방을 나섰다.

순찰하던 선생님도 잠들었는지 아무도 없는 복도는 고요했다.

엘리베이터를 타고 1층으로 내려가, 약속한 장소로 향했다.

이미 도착해 있던 타카우지 양은 소파에 앉아 멍하니 안뜰을 바라보고 있었다.

"졸리지 않아?"

"늘 깨어 있는 시간인걸."

나도, 라고 하며 옆자리에 실례했다.

타카우지 양과 이런 시간, 이런 장소에서 라디오를 듣는다니⋯⋯. 현실감 없는 상황 때문인지 새삼 긴장이 되기 시작했다.

타카우지 양은 스마트폰을 조작했다. 나와 같은 라디오 앱을 기동시키는 게 보였다.

뚜~ 오전 한 시를 알리는 소리가 울리더니 『만다리온 심야론!』하고 두 사람이 타이틀을 외친 후, 오프닝 토크가 시작되었다.

『저기~ 여러분께 들려드릴 겁나 중요한 소식이 있는디요.』

『어, 뭣이여. 암말도 못 들었는디. 뭣이당가?』

딴죽 담당인 밋츤, 미츠다가 당황해서 그렇게 반응했다.

이 대사로 시작되는 토크는 하나같이 별것 아닌 내용이라, 그 사실을 아는 나와 타카우지 양은 쿡, 하고 웃었다.

『청취자 여러분, 침착허게 들어주소잉. 사실은 저기, 오늘 녹화 중에 미츠다 씨가 자고 있었어라.』

『뭔 쓰잘데기 없는 소릴 하는 겨. 아니, 됐다니께, 고런 건. 말 안 혀도 돼, 필요없당께. 뭣 한다고 그런 소릴 한다냐.』

『나중에 제대로 혼나드라고. 나이는 묵을 만큼 묵은 아재가 혼나는 걸 보믄, 참말로 짠하긴 하지만도.』

『고만 좀 하랑께.』

후후훗, 타카우지 양이 조용히 웃었다. 나도 같은 타이밍에 몸을 들썩이며 웃었다.

『아니, 있잖여. 나는 자는 것처럼 보였을지도 몰러. 근디, 아니여. 눈을 감은 타이밍에 봐버린 것뿐이랑께.』

『방송 관계자 여러분, 들으셨지라? 이 인간 반성 안 했어라.』

『호소하지 말랑께.』

『인터넷 기사로 뜨겄구마잉. '밋츤, 방송에 졸아놓고 반성의 기미가 없음!'이라고.』

『아, 아니, 좀 전에 그거 취소!』

『늦었제잉. 나도 이따가 좀 전의 음성 뽑아다 인터넷에 뿌려버릴 거니께.』

『파트너 발목 잡는 게 고로코롬 재밌냐?!』

반쯤 울컥해서 밋츤이 딴죽을 걸자 떡밥 담당인 혼다가 카하하, 하고 경박하게 웃었다.

오프닝에서는 이런 장난을 칠 때가 많다.

평소와 같은 토크를 듣다 보니 문득 타카우지 양이 이전에 했던 발언이 떠올랐다.

사이좋은 두 사람이 대화하면 그게 바로 라디오라고 했는데, 그렇게 단언한 것도 어느 정도는 납득이 되었다.

30분 정도 되는 오프닝이 끝나자 광고가 시작되었다.

"만심은 업계에서도 평판이 좋고, 청취자가 보내는 메일의 숫자도 엄청나다고 오빠가 그랬어."

"응."

내가 그걸 모를 리가 없다. 아마 내가 그렇게 인식하고 있다는 걸 타카우지 양도 알 거다.

"만약 채택되지 않더라도…… 나……."

다음 말을 기다리고 있었더니 타카우지 양은 그대로 입을 다물고 말았다.

내 편을 들어주겠다는 걸까.

나오미치 씨와의 사이를 중재하는 식으로……?

덧붙여 말하려 하자 광고가 끝나고 방송이 재개되었다. 오프닝 토크에서 나온 이야기를 듣고 청취자가 보낸 반응 메일을, 떡밥 담당인 혼다가 읽었다.

『메일이 왔습니다. 라디오 닉네임 '파란 불에서 건너라'. '혼다 씨는 3년 정도 전, 대형 특집 방송에 왕창 지각해서 혼났다고 토크에서 말하셨습니다. 방송 중에 존 것도 문제지만 지각도 문제 아닌가요?' ——어이, 뭣이당가, 이 메일은! 뭐 요딴 걸 읽게 하는 것이여.』

『있었제, 그런 일이.』

『'파란 불에서 건너라', 너는 출입 금지인 줄 알어, 문딩이 새끼.』

『밋츤파랑께, '파란 불에서 건너라'는. 또 보내야~.』

이런 식으로 경우에 따라서는 청취자도 두 사람을 놀려서 방송이 더욱 재미있었다.

그 이야기가 일단락되자 두 사람이 각각 토크를 시작했다. 끝나고 나자 방송 시작으로부터 한 시간 남짓이 지나 있었다.

"다음 광고 후에 시작하려나."

평소에는 이 정도 시간대에 코너가 시작된다.

드디어구나……. 고등학교 합격 여부를 확인할 때처럼 가슴이 두근거렸다.

"만심은 업계에서도 평판이 좋고, 청취자가 보내는 메일의 숫자도 엄청나다고 오빠가 그랬어."

"어? 아아, 응……?"

조금 전에도 같은 말을 했는데, 왜 그러지?

"만약 채택되지 않더라도…… 나…….."

타카우지 양은 계속 말하지 않고 또 거기서 말을 끊었다.

……내가 타임리프를 했나? 그럴 리가 없을 텐데.

광고가 끝나자 스마트폰에서 방송국이 밀어주고 있는 유행 팝송이 흘러나왔다.

타카우지 양은 자꾸만 무슨 말을 하려다가 입을 다물었다.

"나는…… 키미시마 군한테."

"응."

몸을 꼬물거리던 타카우지 양이 결심을 굳힌 듯이 그 동작을 멈췄다.

『밋츤의 고것은 싫구먼' 코너! 당신이 생각하는 싫은 것 다음에 '고것은 싫구먼'을 붙여서 말씀드립니다. 이 코너는 저, 미츠다가 메일을 고르고 있습니다~.』

방송이 재개되었지만, 나는 타카우지 양이 무슨 말을 하려고 했는지가 너무 궁금해서 다음 말을 계속 기다리고 있었다.

하지만 타카우지 양은 스위치를 전환하기라도 한 듯, 진지한 얼굴로 음성에 귀를 기울이고 있었다.

"타카우지 양. 키미시마 군한테, 뭐?"

"이제 시작했으니까, 듣자."

"아아, 응……?"

석연치 않은 가운데서도 코너는 계속 진행되었다.

진행자가 고르는 것은 구성작가가 한 번 걸러낸 것으로, 메일 중 90% 정도는 구성작가가 탈락시킨다.

세 개의 코너 중 나는 하나에만 집중적으로 메일을 투고했다. 형식이 같아야 아이디어를 생각하기 쉽기 때문이다.

이 코너에는 보내지 않았는데도 처음 듣는 라디오 닉네임이 호명되면 질투가 났다.

아마 이 사람도 나처럼 몇 통이나 메일을 적어서 겨우 채택된 거겠지.

『이어서 라디오 닉네임 '우지차'——.』

아, 채택됐어!

타카우지 양은 동아리 활동을 하는 남학생처럼 힘찬 승리의 포즈를 나에게 안 보이게 짓고 있었다.

몇 번이나 채택되었지만 그래도 기쁜 모양이다.

나라면 무진장 난리를 피웠을 거다.

『패밀리 레스토랑 같은 데서 밥 먹을 때, 상대가 지갑이나 휴대전화 가지고 화장실에 가는데, 고것은 싫구먼'.』

아~. 뭔가 공감이 될지도.

『이야~ 그라제. 상대가 나를 못 믿는 것 같아서, 뭔가 싫제잉~.』

보낸 메일에 자신이 있었는지 타카우지 양은 의기양양해져서 으흠, 하고 콧숨을 내쉬었다.

오늘은 야한 개그가 아니구먼~. 밋츤이 나직하게 말했다.

"공감을 부르는 소재지만, 문득 생각이 나서. 이왕 생각난 김에 보내봤어."

흥분감과 의기양양해진 탓인지 말이 엄청 빨라졌다.

"끝내준다~. 평소와 다른 걸 썼는데도 보란 듯이 채택됐네."

"그렇지, 않아."

쿨한 옆얼굴이 약간 기쁜 듯이 풀어져 있었다.

"키미시마 군은, 어느 코너에 보냈어?"

"나는 혼다의 '혼자 하는겨?'. 여기에 생각해낸 걸 전부 보냈어. 평소와 같다면 이 다음이려나…….."

믿츤이 이번 회의 소재 메일에 대한 평가를 하고 코너를
마무리했다.

『다음은 이 코너. '혼자 하는겨?'. 이 코너에서는, 떡밥과
딴죽을 한 세트로 묶은 메일을 받고 있습니다. 코너 담당
자는 저, 혼다고 메일도 뽑고 있습니다──.』

"와, 왔다……!"

"나, 나까지 긴장되기 시작했어……."

코너가 시작되자 단골 엽서 장인의 메일이 차례로 낭독
되었다. 평소 같았으면 웃었을 개그도 오늘만은 웃을 수가
없었다.

50%로는 역시 못 뽑히는 건가…….

제발…….

『다음. 라디오 닉네임 '상큼 폰치'.』

기도하던 중, 혼다가 그렇게 말했다.

"응? 어? 방금──."

"윽……."

방금 호명된 라디오 닉네임을 확인하려고 타카우지 양
에게로 시선을 돌리자, 웃음을 참느라 소파 천을 찰싹찰싹
두드리고 있었다.

"우, 웃기는, 닉네임, 나왔어……."

푸흐흐흐, 못 참겠다는 듯이 폭소하고 있었다.

"타카우지 양, 정신 좀 차려 봐! 나, 나라고!"

방금 호명됐으니까 웃지 말고 들어줘.

혼다가 헛기침을 하더니 메일을 읽기 시작했다.

『이거? 아아, 뼈가 부러졌는데, 그다지 큰일은 아니지만, 동아리 활동은 당분간 좀 그럴 것 같달까~? 응. ──얼른 관심 좀!』

아, 오늘 보낸 거다! 무사히 채택됐어!

"오── 됐다아아아아아아아!"

있는 힘껏 승리의 포즈를 취했다.

"축하해, 키미시마 군!"

"고마워!"

찰싹, 두 손으로 하이파이브를 했다.

너무 들뜬 나머지 어느샌가 나는 기쁨을 주체하지 못하고 타카우지 양을 확 끌어안고 있었다.

"어……?"

"타카우지 양의 조언이 큰 도움이 됐어──! 고마워! 진짜로 안 뽑히면 어쩌나 싶었는데── 이야, 진짜 기뻐."

방방 뛰다가 이상하게 좋은 냄새가 나는 것 같아서 정신을 차렸다. 나는 타카우지 양의 가녀린 어깨를 끌어안고 있다는 사실을 그제야 깨달았다.

"아, 이런."

쭈뼛거리며 반응을 살펴보니, 타카우지 양은 눈이 휘둥

그레진 채 얼굴이 사과처럼 새빨개진 상태로 얌전히 내 품에 안겨 있었다.

"저, 저기⋯⋯⋯⋯."

"미안해──!!"

확 떨어진 후, 나는 몇 번이고 사과했다.

"이, 이상한 의도가 있었던 건 아니고, 그게, 기쁨의 표현이라고 해야 할지, 너무 기뻐서."

"아, 아냐⋯⋯ 괜찮아. 그게, 처음이기도 하고, 기쁨을 억제할 수 없을 때는, 나도 있으니까."

역시 선배 엽서 장인. 이해해 줘서 너무도 고마울 따름이다.

『마지막. 라디오 닉네임 '상큼 폰치'.』

오, 또 뽑혔어!

『아침에 일어나면 SNS를 체크하고, TV에 나오는 점괘를 보고, 신발을 벗을 때는 오른쪽부터⋯⋯── 네 아침 루틴, 아무도 안 물어봤거든?』

어라. 이건⋯⋯ 내가 2주 전에 보냈던 건데.

"후훗."

타카우지 양이 무심결에 웃었다.

"이제 좀 라디오 닉네임에 적응해 줘. 타카우지 양."

내 의지로 정한 게 아니니까.

"아냐. 좋은 개그 메일이라고 생각해서."

"그래? 고마워."

가끔 시간 관계상 읽지 못하고 비축해 두는 경우가 있는데, 내 메일도 그랬나 보다.

"오빠, 듣고 있을까."

스마트폰을 조작하여 타카우지 양이 메시지를 보냈다.

"……읽음 표시가 뜨기는 했지만, 답이 없어. 분명 꽤 난이도를 높게 설정했다고 생각했는데 성공해서, 분한 걸 거야."

타카우지 양은 꼴좋다는 듯이 빙긋 웃고 있었다.

그런 이유도 있겠지만, 아마 나와 타카우지 양의 관계성을 인정해야만 하기 때문이 아닐까.

시스콤인 나오미치 씨는 타카우지 양 주변에 남자가 얼씬거리지 못하게 하고 싶은 듯했다. 취미 친구건 뭐건. 그래서 장해물의 난이도를 높게 설정한 거다.

나오미치 씨가 뭐라고 할지 기대된다.

떠든 탓에 선생님이나 다른 손님이 오지 않을까 경계하며 주변을 둘러보던 중, 자판기 쪽에 언뜻 여자애 같은 그림자가 보였다.

코너가 끝나고 다시 광고 시간이 되자 타카우지 양이 새삼 진지하게 입을 열었다.

"나, 키미시마 군한테 고맙다는 말을 하고 싶어."

"고맙다고? 왜?"

"……이번 수학여행에서 나는, 반장 일을, 전혀 못 했잖아."

"아아, 그거?"

그런 식으로 생각한 적은 없었지만, 타카우지 양은 신경이 쓰였나 보다.

우웅, 스마트폰이 진동하더니 누군가에게서 메시지가 도착했다. 나중에 확인해야지.

"반장 일은, 대부분 키미시마 군이 해줬잖아."

"그런가? 타카우지 양은 많은 사람을 한꺼번에 상대하는 게 불편하니, 각자 맞는 일을 했다고 생각하자."

"사람이 많은 걸 싫어한다는 건, 어떻게 알았어?"

의아하다는 듯이 타카우지 양이 고개를 갸웃했다.

아, 이런. 스테이터스에 보이니까, 라고 할 수는 없는 일이고…….

"으음, 뭔가 그런 것 같다 싶어서. 응, 성격상으로? 나하고는 제법 이런저런 이야기를 해주지만, 애들 앞에서는 말수가 적어지잖아. 그래서 그럴지도 모르겠다 싶었어."

아주 거짓말은 아니다. 【각색가】의 힘 덕분에 그럴싸한 변명이 술술 나왔다.

"다 꿰뚫어 보고 있었구나."

타카우지 양은 장난이 들통 난 아이 같은 표정을 짓더니 솔직하게 털어놓았다.

"나는, 많은 사람을 상대하거나, 사람이 많은 곳에 있는 게 불편해. 솔선해서 인솔자 역할을 해줘서, 키미시마 군은 굉장히 믿음직하다고 생각했어."

반장이라는 이유로 같은 반 애들이 내 말을 들어준 것 같지는 않다.

아마도【리더십】덕분일 거다.

"반장 일만이 아니야. 수영장에서 이상한 남자들에게 붙잡혔을 때도 구하러 와줬고, 오늘 혼자 떨어졌을 때도, 가장 먼저 찾으러 와줬잖아."

"그 정도는, 나한테 의지해도 돼."

다른 사람에게 의지가 되는 일에 익숙지 않은 내가 우물쭈물 말하자, 타카우지 양은 고개를 돌린 채 자리에서 일어났다.

"그만 돌아가야겠어. 내일 못 일어나면 안 되니까. 잘 자."

"응. 잘 자."

등에 대고 인사를 한 후, 나는 스마트폰을 확인했다. 좀 전에 온 메시지는 하루가 보낸 거였나 보다.

어느샌가 몇 개를 보낸 듯했는데, 첫 번째 메시지는 내 메일이 낭독된 순간에 보내진 것이었다.

『뽑혔네! 우와.』

그 후 스탬프를 보냈고, 얼마쯤 지나 다시 마지막 메시지를 보내왔다.

『잘됐네.』

고마워, 라고 나는 답변을 보냈다.

하루가 그렇게 생각한다면, 나와 타카우지 양은 그럭저럭 가능성이 있다는 뜻 아닐까……?

하루에게는 사정을 설명해 두었다.

그러니 이건 그걸 염두에 두고 보낸 메시지일 거다.

하지만 이상하게 말투가 얌전한 게 마음에 걸렸다.

하루는 스탬프나 이모티콘 같은 걸 좀 더 자주 썼던 것 같은데.

잘됐네──. 나오미치 씨와의 일을 두고 말한 거라면 좀 다른 식으로 표현했을 거다.

문득 자판기 옆에서 발견한 그림자가 떠올랐다.

마지막 메시지가 온 것과 그림자를 본 건 거의 같은 시간이었다.

하루가 우리를 우연히 발견하고서 메시지를 보낸 걸지도 모른다.

◆ 타카우지 사아야

엘리베이터를 탄 사아야는 한숨을 돌렸다.

아카리 앞에서 이상한 소리를 하고 말았다.

실제로 아카리는 수학여행 내내 매우 의지가 되었다. 그건 사실이고, 헌팅을 당할 때도 구해주었다. 일행과 떨어졌을 때도 가장 먼저 발견해 주었다. 반장 일을 할 때도 빈틈이 없어서 솔직히 고마웠다.

방이 있는 층에 도착해 엘리베이터에서 내렸다.

어렵겠다고 생각했던 개그 메일도 오늘 드디어 뽑혔다. 이로써 나오미치가 아카리와의 교우 관계를 두고 잔소리할 일은 없을 거다.

고등학교 전에 했던 '불순 이성 교제 금지'라는 약속을 어겼다고 죄책감을 느낄 일도 없다.

애초에 아카리와의 교제는 전혀 불순하지 않았지만.

잔소리꾼 오빠의 눈에는 남자와의 모든 교류가 그렇게 보이는 모양이다.

어쨌든 재미가 절대인 가치관을 가진 나오미치에게는 아카리에 관한 일로 참견할 구실이 이제 없다.

"가족, 공인⋯⋯⋯⋯."

자기 입으로 말하던 중, 말문이 막혔다.

가족이 공인한 남성.

──그건 꼭, 결혼 상대 같지 않은가⋯⋯.

아카리가 꼭 끌어안았을 때의 일을 떠올리니 다리가 풀려서 부들부들 떨렸다.

주저앉을 뻔한 사아야는 기둥에 몸을 기대었다.

그 기둥에 붉어진 얼굴을 대고 식혔다.

그가 끌어안았을 때 왜 저항하지 않았는지 자신에게 물었다.

얌전히 안겨 있던 당시를 돌이켜보았다.

의외로 거친 팔과 커다란 손의 감촉을 어깨와 등이 기억한다.

떼쳐내서 거리를 벌렸어야 했지만 그러지 않았던 건, 아마도 싫지 않았기 때문일 거다.

목 위쪽으로 피가 솟아오르는 듯한 느낌이 들어서 사아야는 기둥의 아직 차가운 부분에 뺨을 갖다 대었다.

"……사야 짱, 뭐 하는 거야?"

화들짝 놀라 돌아보니 음료수를 든 하루가 있었다.

"잠깐, 그게…… 화장실에."

"방에 있잖아."

거짓말이 순식간에 들통나서 당황했지만, 하루는 따져 물을 생각이 없는 듯했다.

"이런 데 있으면 선생님한테 혼나."

"그것도 그러네."

반사적으로 그렇게 답했지만 이렇게 늦은 시간에 순찰을 돌 선생님은 없을 거다.

사아야는 가자, 라고 재촉하는 하루의 뒤를 따라갔다.

"있잖아. 어젯밤에, 내가, 생각을 해봤는데."

문득 입을 연 하루의 말에 사아야는 가만히 귀를 기울였다.

"신경 쓰이는 사람의 상담을 받아주고 있다고 했는데, 그거 관두려고."

"⋯⋯그래."

대화는 그 이상 이어지지 않았다.

방을 나설 때, 하루가 깨어 있기는 했지만, 이런 시간까지 뭘 하고 있었던 걸까. 아카리와의 관계를 생각하면 그걸 상상하기는 어렵지 않았다.

8 공인된 친구

마지막 날은 대부분을 이동만 하다 보니 버스 안은 갈 때와 비교해 상당히 조용했다.

옆자리에 앉은 타카우지 양도 커튼 너머에서 꼼짝도 하지 않는 걸로 보아, 아마도 자는 듯했다.

나는 이어폰을 꽂고 어제 방송을 반복 재생하고 있었다.

『이거? 아아, 뼈가 부러졌는데, 그다지 큰일은 아니지만, 동아리 활동은 당분간 좀 그럴 것 같달까~? 응. ──얼른 관심 좀!』

『뭐어, 그렇기는 하제. 남자들도 뼈가 부러졌을 때 정도는 주목받고 싶기 마련이니께. 아파? 언제쯤 낫는대? 샤프는 어느 손으로 쥐어? 같은 걸 물어봐 줬으믄~ 하는 거제.』

이번으로 벌써 열 번 정도는 들었지만 전혀 질리질 않는다.

좋아하는 연예인이 드디어 나라는 개인을 인식해준 것 같아서 무진장 기쁘다.

『마지막. 라디오 닉네임 '상큼 폰치'. 아침에 일어나면 SNS를 체크하고, TV에 나오는 점괘를 보고, 신발을 벗을 때는 오른쪽부터……── 네 아침 루틴, 아무도 안 물어봤거든?'.』

『못됐구먼, 이건. 유명인 놀이하던 사람들 죄다 움찔혔 걸어.』

『참고로 미츠다 씨의 아침 루틴은 어떻습니까.』

『아재 아~루~는 아무도 관심없당께.』

『아~루~?! 알아먹기 힘들구먼. 왜 줄인 겨?』

그흐흐, 이상한 웃음소리가 흘러나왔다.

두 사람의 토크도 재미있지만 내가 보낸 메일에서 비롯되었다고 생각하자, 엽서 장인도 방송을 만드는 요소라는 게 실감됨과 동시에 보람차고 달성감이 느껴졌다.

학교로 돌아온 후, 담임 선생님이 간단한 연락사항을 전달했다. 딱히 신경 쓸만한 건 없었고, 요약하자면 집으로 돌아갈 때까지가 수학여행이니 조심해서 돌아가라는 것이었다.

"아카리 군, 버스 안에서 죽은 듯이 자더라~."

해산한 후, 나토리 양이 말을 걸어왔다.

"나토리 양도 그렇잖아? 난 나토리 양이 잠든 뒤에 잤다고."

"어떡해. 자는 얼굴, 봤어?"

"응."

"왜 보는 거야~! 못 생기지 않았어?"

"아냐."

"있잖아~ 귀여웠다는 말을 기다렸던 건데~?"

"아니, 그렇게 자세히 보지는 않아서."

농담투로 가볍게 딴죽을 걸자 나토리 양은 깔깔 웃었다. 교사(校舍) 쪽을 보니 마침 쉬는 시간이었는지 후미 선배의 모습이 보였다.

알아보기 쉽게 폴짝폴짝 뛰며 두 손을 흔들고 있었다.

…………아. 선물! 깜박했네!

"아, 쬐선이 손 흔들고 있어."

여기요~ 하고 하루가 마주 손을 흔들었다.

"자, 아카리도. 반응해 줘. ……가만, 왜 안색이 안 좋아? 열 있어?"

하루가 앞머리 아래로 손을 슥 집어넣었다.

"와. 야. 하지 마. 그런 거 아냐."

"그럼 뭔데?"

"후미 선배한테 줄 선물을 안 샀어."

"뭐어, 상관없지 않아?"

"어떻게 그래. 나는 알바하는 곳에서 신세를 지고 있는 몸이니까 예의상 챙겼어야 했는데…… 엄청 폴짝거리는 것만 봐도 선물을 몹시 기대한 것 같잖아."

"그럴지도."

나, 무슨 짓을 당할까. 혹시 모르니 옷 아래에 잡지라도 집어넣고 방어를 강화한 상태로 알바를 하러 가야 하나…….

내가 침울해하고 있자, 누군가가 어깨를 두드렸다. 뒤를 돌아보니 타카우지 양이 스마트폰을 내밀었다.

"이야기 도중에, 미안해. ……아카…… 키미시마 군, 전화 왔어."

혹시?

스마트폰을 받아 들고 귀에 가져다 댔다.

『어제 만심 들었다. 메일이 뽑혔더라, '상큼 폰치' 씨.』

"간신히요."

예상한 대로 상대는 나오미치 씨였다.

"이제 저랑 타카우지 양은 어울려도 되는 거죠?"

『음~~ 뭐, 아슬아슬하지만 허락하지.』

"아슬아슬?! 그런 조건을 걸어놓고……. 이쪽은 약속을 지킬 이유도 없었거든요?!"

『허락했으니 됐잖냐. 아아, 허락하긴 했어도 역까지 같이 귀가하는 것까지다. 착각하지 마라.』

"알아요."

『까놓고 말해서 무리일 줄 알았다. 만심의 개그 코너는 현역 개그맨이 투고해도 채택되기가 쉽지 않아. 매체적인 차이도 있어서 라디오의 개그 메일은 난이도가 독특하지. 그래서 개그 업계에서나 라디오 업계에서나 평가가 좋은 건데…….』

그러더니 크큭, 귓가에 작은 웃음소리가 들려왔다.

『재밌더라. 개그 메일. 둘 다. 내가 구성작가였어도 그 메일은 뽑았을 거다.』

"가, 감사합니다!"

『딴죽이 좋으니까, 너는.』

나에게는 【날카로운 딴죽】이 있다. 하지만 전직 개그맨이자 현역 구성작가에게 그런 말을 들으니 기뻤다.

"감삼다. 그럼 사야 짱은 제가 오늘도 역까지 배웅하겠슴다."

『우와, 대놓고 기어오르네.』

"농담이에요."

『알아.』

나는 마지막으로 '그럼 다시 바꾸겠습니다'라고 말한 후, 타카우지 양에게 스마트폰을 돌려주었다.

"아카리, 집에 가자~."

버스는 벌써 떠났고 학생들도 뿔뿔이 흩어져, 그 자리에는 우리를 비롯한 몇 명만 남아있었다.

통화를 마친 타카우지 양에게 가볍게 인사한 후, 하루와 나란히 걸음을 떼자, 타카우지 양이 종종걸음으로 달려왔다.

"잠깐만——!"

의아해하고 있자 가방에서 선물 가게에서 봤던 종이봉투를 내밀었다.

"아카시마 군한테 이거 줄게."

"누굴 말하는 거야."

"사야 짱, 섞였잖아."

푸풉, 하루가 웃음을 참고 있다.

"으, 아, 아카…… 키미시마 군한테 이거 줄게……."

떠밀다시피 그 선물로 보이는 것을 내게 건넸다.

"평소에 신세를 졌으니까! 그 답례야!"

쑥스러운 걸 얼버무리려고 한 나머지, 오히려 화가 난 듯한 투로 말하고는 등을 돌리고 떠나갔다.

"고마워!"

멀어지는 등에 대고 감사 인사를 하자, 우뚝 멈춰서 한 차례 이쪽을 쳐다보더니 다시 타다닷 역이 있는 방향으로 달려갔다.

"아카시마 키미리 군."

"편승해서 놀리지 마."

"뭐 받았어?"

안을 들여다보니 현지 마스코트 캐릭터 인형이 들어 있었다. 어떻게 생각하느냐고 나한테 물었던 거다.

"……자, 잘됐네. 별로 귀엽지는 않지만."

"그런 소리 하지 마. 괜찮아. 이런 건 성의가 중요한 거니까."

타카우지 양한테 선물을 받고 말았다.

그런 남학생은, 아마 아직 없을걸.

수학여행을 통해 한층 더 타카우지 양과 친해진 것 아닐까——?

후기

안녕하세요, 켄노지입니다.

9월에 1권을 냈는데 벌써 2권입니다. 놀라셨나요? 저도 놀라고 있습니다. 무진장 빠르네요. 나루미 선생님의 펜도 빠르고 퀄리티도 상당합니다. 너무 최고라 진짜 끝내줍니다. 2권도 일러스트를 그려주셔서 감사합니다.

작중에서는 주인공이 서서히 스테이터스를 늘리며 성장하고 있습니다만, 성장 사실이나 그 과정은 사실 본인이 가장 알아채기 어렵기 마련이라고 생각합니다. 새삼 이세계물에서는 흔한 설정이지만, 현실에 있으면 무진장 편하겠다~ 라는 생각이 들었습니다.

그런 본 작품을 부디 재미있게 읽으셨기를 바랍니다.

만약 3권이 나온다면 모쪼록 또 읽어주십시오.

켄노지

ARUHI, STATUS GA MIERUYONINATTA ORE NO GAKUEN LOVE COMEDY Vol.2
SISCON ANIKI O TAOSHITE HAPPY END O MUKAEMASU
©Kennoji, Nanami Narumi 2023
First published in Japan in 2023 by KADOKAWA CORPORATION, Tokyo.
Korean translation rights arranged with KADOKAWA CORPORATION, Tokyo.

어느 날, 타인의 비밀을 볼 수 있게 된 나의 러브코미디 2

2024년 8월 15일 1판 1쇄 발행

저　　　　자	켄노지
일 러 스 트	나루미 나나미
옮 긴 이	정대식
발 행 인	유재옥
이　　　　사	조병권
출판본부장	박광운
편 집 2 팀	정영길 박치우 정지원 조찬희
편 집 3 팀	오준영 권진영 이소의
디자인랩팀	김보라
디지털사업팀	박상섭 김지연 윤희진
라이츠사업팀	김정미 맹미영 이윤서
영업마케팅팀	최원석 박수진 이다은
물 류 팀	허석용 백철기
경영지원팀	최정연
인쇄제작처	㈜코리아피엔피
발 행 처	㈜소미미디어
등　　　　록	제2015-000008호
주　　　　소	서울시 마포구 토정로222, 502호 (신수동, 한국출판콘텐츠센터)
판매 및 마케팅	(070) 8822-2301

ISBN 979-11-384-8411-4
ISBN 979-11-384-8308-7 (세트)